# YAZ BİTMESİN...

YAZ BİTMESİN...

Yazar: İclal Aydın
Yayın Yönetmeni: Meltem Erkmen
Düzelti: Sedat İmza
Düzenleme: Gülen Işık
Dizgi: Rabia Önalıçı

Kapak Tasarımı: Pınar Kazma
Kapak Fotoğrafı: Eren Aytuğ
Film-Grafik: Ebru Grafik

1. Baskı: Temmuz 2004
(100.000 adet)

ISBN: 975 331 601-1



Baskı ve Cilt: Kelebek Matbaası
Litros Yolu 4/1 A Blok
Topkapı/İstanbul

**Yayımlayan:**
Epsilon Yayıncılık Hizmetleri Tic. ve San. Ltd. Şti.
Osmanlı Sk. 24/4 34437 Taksim/İstanbul
Tel: 0212.252 38 21 pbx Faks: 252 47 29
Internet adresi: www.epsilonyayinevi.com
e-mail: epsilon@epsilonyayinevi.com

**Genel Dağıtım:**
Yeni Çizgi Yayın Dağıtım Ltd. Şti.
Gürsel Mah. Alaybey Sk. No:7
Kâğıthane/İstanbul
Tel: 0212.220 57 70 pbx Faks: 222 61 55
İnternet adresi ve on-line alışveriş: www.yenisayfa.com

# YAZ BİTMESİN...

İclal Aydın

epsilon

Benden önce söylenmiş tüm sözlerin sahiplerine

**Anneme ve babama,**

Elime kalem verip çocuk yalanlarımı mektuplar yoluyla masallara dönüştüren, ilkokul öğretmenim **Semire Sertkaya'ya**

Yazmalısın, anlatmalısın ve hep öğrenmelisin diyerek şairler ve şiirleriyle beni buluşturan edebiyat öğretmenim **Nilhan Öz'e**

Düşünmek ile suskunluk arasındaki orta odada bana dünyanın kapılarını açan felsefe öğretmenim **Göksenin Çakmak'a...**

Az sonra belki ilk kez, belki bir kez daha okuyacağınız günlük köşe yazılarımın sebepleridir onlar...

Minnetle...

İclal Aydın
2 Temmuz 2004
İstanbul

*(...)*
*Çoklarından düşüyor da bunca*
*Görmüyor gelip geçenler*
*Eğilip alıyorum*
*Solgun bir gül oluyor dokununca*
*(...)*

*Behçet Necatigil*

İnsan...

# *Tipi Camlara Vurduğunda*

Yatak odam bir Musevi mezarlığına bakıyor. Bu yüzden sabahları pencereden bakmayı sevmiyorum.

Son birkaç gündür yağmurlu, rüzgârlı, karanlık oluyor sabahlar ve yataktan kalkınca dışarıdaki karanlığın sebebini arıyorum, perdenin ucunu hafifçe kaldırarak... Bu sabah sulu ve sert yağan bir karmış sebep...

Kimseyi uyandırmadan, sessizce hazırlanıp, erkenden çıktım evden. Gideceğim yer uzak, yapacağım iş çoktu. Yollar tıkanır, ulaşmak zorlaşır endişesi, dün gece geç yatılmış, sabah erken kalkılmış; gözlerde uykusuzluğun ve Vizontele Tuuba'nın finalindeki hüznün şişliği ile düştüm E6 yoluna.

Dün çantama atmıştım o albümü... Filmden sonra daha da dinleyesim geldi. (Söylemeyeceğim hangi şarkı olduğunu.) Arabanın camlarına hızla vuran tipiye, bir türlü aydınlanamayan güne karşı duruyordu dinlediğim şarkı...

Sanki o filmde ben yokmuşum... Sanki o filmin hikâyesini ben hiç bilmiyormuşum...

Sanki hiç vedalaşmamışım herhangi biriyle.. Sanki artık hiç özlemiyorum... Kimseyi...

Yazlıklardan ayrılanlar güneşten solmuş tişörtlerinin omuzlarında getirirlerdi küçük yaz aşkının ayrılığını...

Mektuplarla, arada bir güçlükle açılan telefonlarla yaşatılırdı biraz daha...

Yaz bitimi 20'li yaşlarım başlayana dek daha derin acıtırdı kalbimi ve o zamanlar daha çabuk onarabilirdi kalbim kendini.

Bir ayrılığın, uzun bir yola çıkmanın, bir şehre son kez bakmanın burukluğu ile baş etmeyi öğrendim sonunda.

Otuzlu yaşlarım başladığından beri asansörlerdeki kısa ve anlık kalabalıkların, koridorların, yargıların, önyargıların, küçümsemelerin, ayrılıkların, boşlukların üstesinden gelir oldum...

Bunun karşılığında verdiğim onca şeyden sonra...

Mesela... Şarkılar daha az ağlatır oldu beni. Filmler daha uzak... Daha korkak oldum, daha cesur görünerek... Daha kapalı oldum, daha açık olduğum sanılarak... Ve daha kırılgan oldum, daha güçlüyüm diyerek...

Hiçbir ayrılık 20'li yaşlardaki ayrılıklar gibi olamaz artık... Mevsim dönümleri o yaşlar kadar anlam taşımaz...

Geleceğe yönelik planlar, ev kredileri, dört tekerin üzerinde bir marka, sosyal etkinlikler, kapılar, çiviler, çitler var artık erişkin hayatımızda. Karşılıklı suskunluklar var...

Film bitti. Eşimin gözlerine baktım. Vardı biliyorum. Onun da gözlerinin bir yerinde saklıydı bir ilkgençlik vedası... Yarım kalan bir şey; kimseye göstermediği ve bu yüzden kıymetinden hiçbir şey eksiltmediği... Ve biliyorum ki sizin de saklı bir yerinizde bir hafıza kartı... Eski bir sevgili değil sözünü ettiğim... Bir ilk aşk, ilk veda değil...

"Büyümek" denilen meselenin çöpüne atılan diyetler... Zaman denilen acımasız, şakası yok büyücüye verdiklerimiz... "Daha az üzüleyim bu hayatta, daha güçlü olayım" dileğinin karşılığında, bizden aldıkları...

Şarkılar daha az ağlatıyor artık değil mi?

Çocuksu geliyor heyecanlar?

Yapılacak onca ciddi ve önemli şey varken...

# Dünya Üzerindeki Yara İzleri Kapanırken

*"Ve toprakta derin yarıklar açan sabahlar.*
*Tek bir sözcük yazarlar; Barış.*
*Başka bir şey değil. Barış..."*

İstanbul'da güneşli bir öğleden sonra yaşıyorduk. Yağmurlardan bir gün önceydi. Ne zamandır ertelediğim işlerimi toparlamış, evimin düzenini sağlamış, elimde kahvem, pencereden sokağımı seyrediyordum. Daha doğrusu penceremin tam karşısındaki dik yokuşu. Arnavutkaldırımı dedikleri taş örgüler üzerinden ellerinde torbalarla yokuşu tırmananları, arabaların üzerinde öğle uykusuna yatmış kedileri, gülüşerek evlerine yol alan öğrencileri izliyordum... Basit ama aslında kocaman bir huzur vardı. Mavi kapaklı bir müzik albümünden şarkılar dinliyordum bir yandan... Derken bir şiir başladı... Diyordu ki:

*"Barış yemek kokusudur tüten akşamleyin*
*Arabanın yolda durmasının*
*Korkutmadığı*
*Kapı çalınmasının dost demek olduğu*
*Ve pencereyi saat başı açmanın...*
*Renklerinin uzaktaki çanlarıyla*
*Gözlerimizin bayram etmesini sağlayan*
*Gökyüzü demek olduğu zamandır*
*Barış."*

Akşam sofralarında izlediğimiz haberleri düşündüm o anda "İsrail'de canlı bomba..." diye başlayan, "Irak için kritik günler", "Arjantin'de yağmalama...", "Bir Filistinli daha...", "Afganistan' da sağ kalanlar...", "Tuna Nehri'nin savaş acıları" diye diye devam eden...

Gözlerimizde bildik bir dalgınlık, kulaklarımızda ve zihnimizde bir kanıksama... Alışmak yani düpedüz. "Dünya böyle işte, kaynayan bir kazan" cümlesiyle salata tabağına uzanışımız... Yemekten sonra gelen arkadaşlar... Çaylar içilirken dünyada olup bitenlere dair haberlerin tekrarı ve bu haberlerin yine borsayı etkileyeceğine dair endişeler... "Çok sigara içildi" diyerek odaları havalandırışımız, "Üşüdük, kapat kapat!" diyerek kalın giysilerimize sarınmamız, çayın yanındaki kurabiyeler, çocukların artan okul masrafları ve işyerindeki sorunlar, küçük dedikodular, "Hadi kalkalım artık geç oldu. Ay deprem olacak mı acaba?" cümlelerinden konukları yolcu ediş, gece temizliği, her geceki "Sabun tüketimi bir ülkenin uygarlığının en büyük göstergesidir" klasiği... Derken sessiz evimizde yatağa giriş...

*"Barış bir bardak sıcak süt ve bir kitaptır*
*Uyuyan çocuk önünde.*
*Başaklar birbirine eğilip, işte ışık ışık ışık dedikleri*
*Ve ufuk çemberinin ışıkla dolup taştığı zamandır*
*Barış..."*

Birden bütün kalbimle, bu güneşli öğleden sonra; yorgunlukla oturduğum bütün akşam yemeklerine, huzurla açtığım bütün kapılara ve pencerelere, keyifle bitirip kapattığım kitaplara, ağlayabildiğim bütün yağmurlara, yollar boyu endişesiz izleyebildiğim bütün tarlalara, görebildiğim bütün arkadaş gözlerine ve uyandığım her sabaha şükürler ettim... Ya da fark ettim... Bana bunları bir kez daha anımsatan şair Yannis Ritsos, çeviren Özdemir İnce, okuyan Rutkay Aziz ve mavi kapaklı albümün (Feryadı İsyanım) sahibi, o güzel müziklerin bestecisi Mazlum Çimen... Onlara teşekkür ettim ama duymadılar o anda.

Yaşamın inişli çıkışlı ve pek de adil olmayan düzeninde küçük şeylerin esiri olup, korkusuzca ve huzurla nefes alıp vermek, susadığında su içebilmek ve yeni bir sabaha umutla uyanabilmek mucizesini göremeyecek anlara geldiğimizde hatırlatan tüm yazar, çizer ve düşünürlere sevgiyle...

*"İnsanların sıkışan elleridir barış*
*Dünyanın masasındaki ekmektir*
*Gülümsemesidir annenin*
*Budur yalnızca.*
*Başka bir şey değildir barış..."*

## *Gerçek İhanet*

Kadın, kocasının arkadaşı ile aşk yaşamaktadır. Her şey yolunda gibi görünen evliliğini nasıl bitireceğini bilememektedir. Çünkü kocası son derece düşünceli, zarif ve sevecen bir adamdır. Ancak ne yazık ki yatak odasında karısından uzakta yaşamayı tercih etmektedir. Kadın, kaçınılmaz sonuç olarak, en sık gördüğü adama âşık olur. Her cuma öğleden sonra buluşurlar. Cumalardan birinde kadın ve sevgili, sevgilinin evinde beraberlerken telefon çalar. Yanıt vermezler. Telesekreter devreye girer. Arayan, kadının kocasıdır.

Kadın adeta yakalanmışçasına irkilir ve kulak kesilir. Kocası her zaman olduğu gibi bu cumartesi de sevgilisini arkadaşının evine getireceğini, evin müsait olup olmadığını öğrenmek istediğini söyler. Sonra... Sonrası uzun bir sessizlik.

***

Adam karısını, kızının psikoloğu ile aldatmaktadır. Mutsuz evliliğini ne zaman bitireceğini bilememekte, bu mutsuzluğa alışkın, yaşamını sürdürmektedir. Başlangıçta kızının sorunlarını konuşurken, ilerleyen zaman içinde kendi problemlerinden de söz etmeye başlar. Akşam yemekleri falan derken bir ilişki başlar. Adam artık evinde daha az kalmakta ve ayrılığa hazırlanmaktadır. Sevgilisine, uzun zamandır karısı ile birlikte olmadığını, çok kısa bir süre sonra ayrılacağını söylemektedir. Sevgili buna asla inanmamakta ve sorun çıkarmaktadır. Yine bir akşam "Sen beni karınla aldatıyorsun, ayrılmaya falan niyetin yok" diye hırçınlık yapınca, adam kapıyı çarpıp çıkar evden. Ertesi sabah adamın karısı gelir ofise. Yani öteki kadın. Yani küçük hastanın annesi. Ve söze başlar. "Kocam uzun zamandır benimle birlikte olmuyor. İyice koptuk. Sanırım yaşamında başka biri var. Lütfen bize yardımcı olun. Hepimizi tanıyorsunuz. Bizi ancak siz kurtarırsınız. Lütfen söyleyin bana, ne yapayım da bu adam eve dönsün?" Sonra... Sonrası derin bir sessizlik.

***

Kadın, iş arkadaşına âşıktır. Ona daha yakın olabilmek için ailesi ile, yani karısı ve çocuklarıyla ilişki kurar. Hafta sonu gezileri, akşam yemekleri, ev ziyaretleri derken istediği olmuştur. Bir süre sonra adamla aralarında bir aşk başlamış, ama bu arada karısının en yakın arkadaşı olmuştur. Vicdan azabı ve tutku arasında gelgitli günler yaşamaya başlar. Bir gün kapı çalınır. Diafondan gelen ses, sevgilinin karısına aittir. Son derece soğuk bir sesle aşağı inmesini, kendisiyle konuşmak istediğini söyler. Kalbi çarparak ve bacakları titreyerek aşağı inen kadın, apartman kapısında perişan bir yüz ve ağlamaktan şişmiş gözlerle karşılaşır. "Sen benim en iyi arkadaşımdın değil mi?" diye sorar sevgilinin karısı. Cılız bir "Evet" yanıtı aldığında devam eder. "Biliyordum, beni aldatıyordu. Bugün bu mektubu buldum. Okumak ister misin?" diye mektubu uzatır. Korkular içinde mektup açılır. Mektup üçüncü bir kadından gelmekte ve adamla bir süredir devam eden ilişkilerini anlatmaktadır. Aldatılan kadın ağlayarak devam eder konuşmaya: "En iyi arkadaşımsan, bu kadını benimle birlikte bulacaksın." Sonra... Sonrası tarif edilemez bir sessizlik...

***

Delikanlı on beş yaşındadır. Babasının ikinci evliliğidir. Üvey annesi ve babası ile yaşamaktadır. Bir gün evde kimse yokken dolapları karıştırır. Aradığı, aslında babasının okuduğu erkek dergileridir. Çekmecelerden birinde bir mektup bulur. Mektup öz annesi ile evli olduğu tarihlerde, o zamanlar komşuları olan üvey anneye yazılmıştır babası tarafından ve delikanlının dokuz yaşına denk düşmektedir tarihi. Babası "Oğlanı merak etme, yatılı okula veririz, uzak olur bizden. Söz veriyorum ağrıtmaz başını" diye yazmıştır. O gün, başka bir şehirde yaşayan öz annesini arar. "Yanına gelmek istiyorum" dediğinde mektuplardan daha acıdır aldığı yanıt. Kısa ve öz bir "Hayır". Sonra...

***

Her gün yüzlerce elektronik posta, onlarca mektup alıyorum. Bir o kadar da telefon konuşması yapıyorum. Duygular ve pişmanlıklar emanet ediliyor bana. Çaresizlikler ve sessizlikler... Her gün yeni bir olaya daha tanık oluyorum. Artık şaşırmam dediğim anlarda hep şaşırıyorum. Nice zamandır kafamdaki şu soruları bir kenara koyamıyorum. Gerçek ihanet nedir?

En acı ihanet kime edilir?

Ve bu soruların yanıtları nerede gizlidir?

## *Hayat Bu: Küçük Bir Hadise*

Rahmetli Vehbi Koç ile yapılan bir televizyon röportajıydı. Yıllar önce... "Param var, malım var, şanım var, mevkim var; ama gel gör ki, iki kaşık bulgur pilavı yiyemiyorum" demişti üzüntüyle. Domatesli bulgur pilavının yanında turşu ve soğan çok uzun zaman önce yasak edilmişti ünlü işadamına. "Çok şükür bugünleri de gördüm ama..." diye konuşmasını sürdüren ünlü sanayici "dünyanın en kudretli adamı da olsan fark etmiyor..." diye eklemişti. Bir soğan, bir bulgur bazen nelere bedel oluyor...

Emel Sayın'ın hayatının anlatıldığı bir programdı. Çok genç yaşta başlayan yolculuğunda gücü, başarısı ve ışıltısından sonra bugün geldiği nokta konuşuluyordu. Pek çok kadının yerinde olmak istediği güzel, başarılı ve ünlü sanatçı "Bir tek şeye sızlıyor içim... Keşke bir çocuğum olsaydı" derken gözleri dolu doluydu. "Bana hep daha çok gençsin, önce işin, önce sanatın, daha şöhretin başındasın dediler ama keşke kimseyi dinlemeseydim. Keşke kimseyi dinlemeseydim..."

Gani Müjde ile söyleşi yaptığım bir programdaydık. "Çok küçüktüm ve babam kendi koşulları içinde beni şımartmaya uğraşıyordu" diye başladı anlatmaya. "Bir bayram arifesiydi. Galiba kendi takım elbisesini verip bana bir elbise yaptırmış. Çok mutluydu o bayram; bana bir şey giydirebildiği için. Ama ben elbiseden hiç hoşlanmamıştım. Ağlamaya başladım, ben bu çirkin şeyi giymem diye. Babamın bana bakışını hiç unutamam. Galiba en fazla altı yedi yaşındaydım. Birden hiç beklemediğim bir şey oldu ve babam bana hayatımdaki ilk ve son ve çok şiddetli tokadını attı. Çok gücenmişti bana. Aradan yıllar geçti. Şimdi İstanbul'un güzel manzaralı evlerinden birinde oturabiliyor ve istediğimi alabiliyorum. Baba olduktan sonra bir gün, babamın o bakışı geldi aklıma. Keşke geri dönüp o sayfayı silebilsem, öyle isterdim ki... Babamı mutlu edebilseydim."

Üzerinden çok zaman geçti ama yine de tereddüt ettim şimdi yazıp yazmamakta... Bir cesaret yazıyorum; Yeşim Salkım -Uzan idi o zamanki soyadı- Levent'te yeşil bir villada, görkemli mobilyaların içinde, görkemli duvarların arasında ve görkemli bir masanın ardında oturuyordu. Yapmak istediklerini anlatırken, çok çok uzun siyah saçları kollarını, belini, boynunu örtüyordu ve gözlerinde adını tam da koyamadığım bir siyah şey vardı. Keder? Yalnızlık? Öfke? Yorgunluk? Her şey, her şey elinin altındaydı ama mutsuzdu besbelli... Sonra zaman geçti. Soyadlarından birini sildi. Saçlarını kestirdi. Geçenlerde bir akşam gördüm onu. O beni görmedi. Yan yanaydık oysa. Geçip gittik birbirimize değmeden. Kısacık saçları, gecenin karanlığına rağmen ışıldayan gözleri vardı. Sevdiği adamın, kocasının elinden tutmuş, deniz kenarına doğru yürüyordu.

Yanından geçip kendi yoluma devam ederken düşündüm de... Hayat bu kadar basit bir şeydi işte. Yaptıklarımız, yapmak istediklerimiz, özlediklerimiz, pişman olduklarımız, onardıklarımız, onaramadıklarımız...

Hepsi basit, minicik şeylerdi ama ulaşamadıkça, çözemedikçe, yenemedikçe bize kocaman geliyordu. Kitlelerin sevgisi, para, ün, güç... Hiçbiri, hiçbiri bedel olamıyordu, özlemini çektiğimiz o şey her ne idiyse...

Bir çocuk, sevildiğini bilmek, bir vicdan rahatlığı, bir tabak pilav, bir sağlıklı nefes...

Hayat bu işte; basit, küçük bir hadise...

## *Yolunu Gözlemek*

**"Zaman dediğin nedir ki? Göz açıp kapayıncaya kadar geçer."**

Dokuz yaşındaydım bunu ilk duyduğumda evet, galiba dokuz... Babam çok uzaklara gidiyordu. Bir daha onu görmek için iki yıl uyumam ve uyanmam gerekiyordu. Zaman o yaşımda öyle geçiyordu çünkü. Uyuyup uyanacaktım ve günler geçecekti. Japon ipi atlarken bir uçak sesiyle göğe dikilen gözlerim, o uçağın mutlaka dünyanın bir yerinde babam tarafından görüleceğine dair saf bir inançla dolu olurdu. Kardeşime de öğretmiştim: "Uçak, babama selam söyle!"...

Güzel bir haberi hemen bir sevdiğinle paylaşmak vardır ya... Lezzetli bir yemeği bir sevdiğinle bölüşmek. Sinemada burnunun direği sızladığında dönüp yanındaki koltukta oturanın gözlerini aramak. Bademciklerin şiş, başın ağrılar ve ateşler içindeyken portakal dolu bir kese kâğıdı ile kapıyı çalan birine minnetle bakmak... Eski bir telefon defterinin arasından düşen, sevgi sözcüklerinin yazılı olduğu kâğıt parçası. O kâğıda o satırları karalayan ellere duyulan bitmez tükenmez bir özlem... Ben önce babamın eksikliğinde öğrendim bütün bunları. Sevdiğim ilk adam babam dı, yollarını gözlediğim. Gözlerimi binlerce kez açıp kapamama rağmen geçmeyen zaman, yollarını gözlediğim başkalarını da ekledi ömrüme...

Zaman öyle kolay geçmiyordu belli ki... Çok şey yapmak gerekiyordu. Farkında olmadan büyüyordu bedenimde ve kalbimde bir şeyler. Ellerim ve ayaklarım büyüyor, saçlarım ve boyum uzuyordu. Filmlerdeki aktörleri babama benzetmekten, yollarda arkadan gördüğüm uzun boylu adamları babam sanmaktan vazgeçemiyordum. Babamın gönderdiği elbiseler olmuyordu bana. Büyüyordum, ama babam beni bıraktığı gibi sanıyordu. O hediyeler kardeşime uyuyor, kardeşiminkiler başka tanıdık çocuklara veriliyordu. Babam döndüğünde biz iki yaş büyümüştük. Babamsa en az beş altı yaş yaşlanmıştı. Anımsadığı gibi değildik. Anımsadığımız gibi değildi.

Geçen zaman içinde kardeşime devrettiklerimin sadece küçük giysilerim olmadığını gördüm. Çok soğuk Ankara kışlarında okuldan eve el ele yürürken hep aynı soruları soruyordu o da hayata benim gibi. "Neden insanın sevdiği şeyler her zaman insanın yanında olmuyordu?" "Hayat bu," demiştim bilgiç bilgiç. Hayatın ne olduğunun çok da farkındaymışım gibi...

Özlemek, yaptığımız en iyi iş oldu zamanla. Çareler ürettik, dayanıklı olduk buna karşı. Ama yine de sevdiğimiz şeyleri her zaman yanımızda tutmanın yollarını bulamadık. Belki de gerçekten hayat buydu. Yollarını gözleyerek büyütülüyordu sevgiler. Böyle böyle değerlendiriliyordu. Ömürleri böyle uzuyordu. Telefonla konuşurken adını karalayarak kâğıtlara, mektup gelmiş midir diye merakla açarak posta kutusunu, her telefonda o mu arıyor diye koşarak ve ondan söz ederek geçip gidiyordu zaman. Göz açıp kapayıncaya kadar değil... Su gibi akıp gidiyordu. Özlenecek birileri, yolları gözlenenler, çentikler ata ata ömrümüzde hep yaşıyorlardı bizimle birlikte.

Sevdiğini askere, babasını uzaklara gönderenler anlıyorlardır sözcüklerimi...

Ya da elinde olmadan ayrı kalanlar...

Yani yolları gözleyenler...

**Not: "Kızıma" isimli şiir albümümdeki "Uçak Babama Selam Söyle" şiiri ve "Bitmiş Aşklar Emanetçisi" isimli kitabımdaki (Sepet Sepet Yumurta) öyküsünü bu köşe yazısından yola çıkarak yazdım. İlgi gösteren herkese sevgiyle!**

## *Ne Yok? Ne Var?*

Çamlıca'da direkler yok o zaman... Çamlıca'nın gördüğü İstanbul eteklerinde bu kadar çok deniz manzaralı ev de...

Boğaz'ın sularında ve kıyılarında bugünkü kadar öfke yok...

O zamanlar bugünün renkli çocuklarını hayrete düşürecek kadar sakin ve sade bir öykü var. Ahşap sandalyeli, salaş kıyı lokantaları, tombul dolmuşlar, özenle geriye taranmış saçlar, bembeyaz gömlekler, Ayhan Işık bıyıkları var...

Hesap sorulan aşklar, uzun ayrılıkların ardından gelen kavuşmalar ve sonunda hep yerini bulan ilahi bir adalet var. Bugünkü delikanlılıkla uzaktan akraba bile olamayacak kadar beyefendi ve zarif bir mertlik var. **O** olmazsa **bu**, yok. Evet, sadece **biri** var. Tek bir aşk var. Haksızlıklarda sonuna kadar sıkılan yumrukların bir defada kesin çözüme ulaşan güçleri var.

Ara tonlar yok, ya siyah var ya da beyaz. Ya iyiler var ya da kötüler...

Ve Ayhan Işık var, Ayhan Işık'ın bakışı, saçları, gülüşü son filmi var. Sonsuz bir aşkla ağlayan ve omzundaki şefkate sığınarak iç çeken genç kızlar, her filmini avuçlarındaki mendilleri gözyaşlarıyla ıslatarak izleyen anneler var. Onun gibi olmak isteyen delikanlılar, onu tüm kalbiyle takdir eden babalar var. Olmak isteyip de olmadıklarını hayal perdesinde gerçek kılanlar var.

Otomobil tamirhanelerinde, eski duraklarda, artık olmayan gece kulüplerinde, panjurlu pencerelerde, yağmurlu saçaklarda, artık otopark olmuş sinemalarda hâlâ gölgesini arayanlar var.

Ve bugün hep aynı yaşta kalan Ayhan Işık'a rağmen aynaya baktığında ağaran saçlarına, eskiyen günlerine, değişen ve çürüyen kentlerine hayret edenler var. Ayhan Işık'ı, onun delikanlılığını, gülümseyişini, göğsünde ve omzunda taşıdığı tüm erdemleri, hikâyelerini, aşklarını ve bıyıklarını çok ama çok özleyenler var.

Sabahın bir saatinde, hani yeni bir günün ilk saatleri derler ya, 03.00 gibi, uyumama izin vermeyen midem ve artık gelsin diye yollarına baktığım bebek beni televizyonda siyah beyaz bir Ayhan Işık filmi ile karşılaştırdı. Oturdum izledim, kolları dirseğine kadar sıvalı beyaz gömleğini ve mahalle arkadaşlarını. Sonra sabah oldu. Gün ağardı. Haklılar hakkını bulmuş, hak edenler cezasını çekmişti. Ama gerçek hayatta bir yumrukta deviremiyorduk işte, küstah ve zengin ve hep kazanmaya alışmış isimleri. Fakir ama gururlu toplumsal portremiz çoktan değişmişti evet. Fakir ama yalvaran, tuhaf, yeni bir grup çoğalmaya başlamıştı. Aslında filmin yan oyuncuları olmalıydı onlar. Ne zaman bu kadar çoğalıp gerçek hayatın hikâyesinde başrolü almışlardı?

Evet, Ayhan Işık yok artık. Oynadığı karakterler, arkadaşları, oynadığı mahalle de yok. Yarın sandık başında ne yapacağı sürpriz olan, ama televizyon başında yarışmayı sunan adama yalvarmakta hiçbir sakınca göremeyen birileri var... Ve onların yeni "ağaları."

## *Burada Yeni Bir Şey Yok*

Bu sabah gazetelerinizi elinize aldığınızda hemen hemen tüm köşelerde ve sayfaların ortalarında İstanbul'daki kar felaketini okumuş olacaksınız.

Hepimiz perşembe gecesi nasıl yollarda kaldığımızı, nasıl beş altı saatte evlerimize ulaşabildiğimizi, yahut nasıl ulaşamadığımızı; nasıl ağaçların devrildiğini, reklam panolarının yıkıldığını, elektrik ve suların kesik olduğunu, evlerin buz kestiğini anlatmış olacağız...

İstanbul'un göbeğinde gazetelerin nasıl dağıtılamadığını, o çok markalı, o çok yıldızlı, o çok benzin yakan araçların bile yol ortasında nasıl fırıl fırıl döndüğünü, bazılarınınsa hiç ama hiç kıpırdayamadığını; bu içler acısı hâlimizi eklemeyi de ihmal etmemiş olacağız büyük ihtimalle...

Ve siz: Türkiye'nin dörtbir yanında bu satırları okuyanlar; doğu, kuzey ve güneydoğuda olanlar özellikle, bizlere güleceksiniz...

"Evden işe yürüyerek geldim, çünkü taksi yoktu. Arabayı da garajdan çıkaramadım. Çok uğraştık garaj kapısını temizlemek için ama çok gecikiyordum. Gazete bugün erken girer baskıya."

"Hadi canım, vallahi bravo... Disiplin diye buna derim ben..."

"İş beklemez... Geleceğiz tabii. Bir kahve içeyim önce, çok üşüdüm. Şu cep telefonumu şarj edeyim, evde elektrikler kesik..."

"Ben de gelir gelmez teyzemleri aradım... Poğaça yapıyorlarmış. Ekmek yokmuş evde..."

"Ciddi misin! Çok akıllıca... Yaratıcılık diye buna derim ben..."

Bu yazıları yazanların kara teslimiyetlerinin nihayetinde bir lüks var... En azından bir kahve, bir poğaça, cep telefonu...

Evet, bu sabah arabayı garajdan çıkaramayan ve işe yürüyerek gelen, iş aşkıyla tutuşan, disiplinli kişi benim. Garaj kapısının önünü saatlerce küreyen ve temizlemeye uğraşan kişi eşim. Gazete ile ev arası yaklaşık 2,5 km. Bunu arkadaşına telefonda anlatan kişi de benim...

Ben kimim?

Ben aslında şanslı biriyim...

Ben aslında fazla gak guk yapmadan yaşaması gereken yeni bir İstanbul sakiniyim...

Ben aslında ailesinin çok ciddi bir kısmı hâlâ doğuda yaşayan ve yılın büyük bir bölümünü böyle bir kar altında geçiren biriyim...

Ben babası ve altı amcası ve iki halası ve onlarca akrabası ilkokulu, ortaokulu ve liseyi her gün yedisi gidiş, yedisi geliş tam on dört kilometre yürüyerek bitiren ve tüm yaşamı boyunca bu azim karşısında kendini âciz hissetmiş biriyim..

Ben, kar yolları tıkadığı için doktora ulaşılamayan bir coğrafyada, sırf bu yüzden tüm ömrünü çocuk felcinin bıraktıklarıyla geçirmek zorunda kalan bir gencin amca kızıyım...

Ben, kar yağdığında kendini değil ahırdaki hayvanlarını düşünen, kendinden çok onları korumaya çalışan ve artık hayatta olmayan, ömrü kar altında geçmiş bir babaannenin ve kar damı çökertmesin, yolu kapamasın diyerek gün doğmadan kar küremeye başlayan bir dedenin torunuyum...

Ben şanslı biriyim... Bu yüzden İstanbul kara teslim oldu haberlerini Türkiye'nin dörtbir yanında inceden inceden gülerek okuyacaklara söyleyecek bir şey bulamıyorum...

# *Bir Başka Ülkenin Kışı*

Oturduğum apartmanın şişman, asık suratlı kapıcısı haberi bana veriyordu galiba: "Kanallar buz tutmuş..." Ve her zamanki gibi bana bakmadan konuşuyordu. Kendi kendine söylenir gibi...

Bu huyu yüzünden bir türlü karar veremezdim; bir yanıt vermeli miyim, yoksa hiç duymamış gibi devam mı etmeliyim?

Dünyanın her yerinde büyük binaların kapıcılarının aynı olduğunu düşünürdüm onu her gördüğümde. Bu yapının, hatta bu sokağın ve hatta aslında belki de şehrin sahibi oydu ve onunla aynı sınırları paylaşmamıza izin veriyordu.

Onu görünce sadece bende değil, dikkat ediyordum, bütün komşularda bir sessizlik, bir mahcubiyet hasıl oluyordu. Ona görünmeden kaçmak, onunla rastlaşmamak, selam vermek zorunda kalmamak en güzeliydi. Bira ve olasılıkla votkadan kıpkırmızı olmuş burnuyla yanakları ondan hatırladığım iki önemli şey...

"Kanallar buz tutmuş. Büyük bir kış bu. 57'nin kışı da böyleydi. Lanet olası kanallar buz tutmuştu."

Hayır, bana söylüyorsa dinlemeli, ama kendi kendine söyleniyorsa basıp gitmek lazım... Bir türlü karar veremiyordum, öyle şaşkın şaşkın duruyordum posta kutularının önünde...

Elindeki plastik leğene posta kutularının dibine atılan reklam broşürlerini topladı ve konuşa konuşa gitti yüzüme hiç bakmadan...

"Kanallar buz tutmuş... Çocuklar sevinir ama ya diğer insanlar?... Lanet olası bir soğuk... 57 kışı bile daha iyiydi bundan..."

Yaranmaya çabalayan, iğrenç, aşağılık yabancı tavrımdan nefret ederek çıkmıştım kapıdan... Üzerimizden atamıyorduk işte bu şaşkın, ürkek ezikliği... Ne var işte; adamın ülkesinde misafir işçisin, misafirsin ya da artık değilsin... Bir yere kadar yabancısın ama daha ne? Ötesi ne yani?

Kapıya polis geldiğinde sanki silah kaçakçısıymışız da yakalanmışız gibi paniğe kapılıp, "Arabanızı yanlış yere park etmişsiniz. Eğer oradan almazsanız çekmek zorunda kalacağız" diye bizzat eve gelerek uyaran polisi kapı gözünden izleyişimizi anımsıyor ve gülüyorum. Başka bir ülkenin kışını, yazını, ilkbaharını yaşamak hep çok zordu, bunu hiç unutmuyorum...

O toprağın yerlisi bunda çok mu suçluydu, şu anda emin değilim, fakat daha ilk gün kendiliğinden gelip yerleşiyordu insan bedenine ve ruhuna o yabancılık, o oralara ait olamama, o geri kalmış ülkenin küçük çocuk hâli...

Kapıcıdan ürkerek, sokakta yürüyenden ürkerek... Sonra o ürkeklik yerini geldiğin yeri beğenmemeye ve yeni toprağa duyulan büyük hayranlığa bırakıyordu...

Azınlık olma hâlleri uzundur, kısa satırlara sığmaz malumunuz... Kar küreyen kapıcı görüntüsünün ne de uluslararası olduğundan dem vuracaktım. Berlin'de kar yağsın diye dua eden üniversite öğrencilerinden söz edecektim...

Kar yağmaya başladı mı onlara iş çıkardı çünkü. Kar küreme arabalarının yanı sıra küçücük tuz dökme arabaları ile sabaha dek şehrin bütün büyük ve küçük sokaklarını, caddelerini dolaşarak kar küreyip, tuz döküp, gece ne kadar kar yağarsa yağsın şehirdekilerin karı sadece ağaçların üzerinde görmelerini sağlarlardı.

Yollar tıkanmaz, eskimiş trafolar devre dışı kalmaz, insanlar kendilerini kurtarmaya gelecek birileri çıkacak mı diye bekleşmezlerdi...

Çünkü Berlin'e tıpkı İstanbul'a da geldiği gibi, her sene kış gelirdi. Kış, gelirken kar getirirdi...

Hepsi bu...

## *Şubat Kısa Bir Aydır*

Nasıl aynı her şey. Nasıl komiğiz hepimiz. Bu yol kapmacalar, bu "kaset çıktı" ilanları, bu köşe yazıları, bu ben bilirimler, bu kötümserlik, bu iyimserlik, bu tekrarlar, bu kendini bilmezlik, bu kendini hiç bilmezlik, bu kendini sevmeme, bu bir tür yetememe, hiçbir şeye sevinememe, bu kadınsılık, bu erkeksilik, bu bu...

Bu aynılık ne feci... Uyumak bile pek dinlendirici değil bu aralar. Paslı bir tat havada. Dolayısıyla damakta. Sanki demleniyor gibiyiz daha yağmurlu bir havaya... Uzun uzadıya notlar; Umur Talu'nun "Çok satan kitaplar" yazısı, Bursa'daki çevirmen İclal Aydın ile isim benzerliği, Sweet November filminin ve de bilumum Amerikan filmlerinin baygınlığı, okur mektuplarının yanıtları, son dönem kitapları...

Her biri başında bir çentik, yazı olacakları günü bekliyorlar.

Ama...

Gittim...

Gittim, saçımı kökünden kestirdim. Bütün sevdiğim CD'ler hırsızla gitti, arabada günlerdir Schubert "Death and the Maiden" dinlemekteyim... Kemanlar, kontrbaslar bütün gün kulaklarımda. Sabahın bir saati dayandım çiçekçinin kapısına. Gardenyalar, menekşeler, kauçuklar, lucky bambular, frezyalar, güller; demet demet, saksı saksı...

Hepsini masalara ve civar masalara taşıdım. Dokuz saksı çiçeği ve üç vazo kayboldular ofisin grisinde... Simit de almıştım gelirken. Bir koca kalıp yağlı beyaz peynir... Bir şeyler değişsin diye... Toplantı toplantılıktan çıksın, susamlar dişlerimize yapışsın, dahiyane fikirlerimizi anlatırken komikleşsin ortam, sıcak olsun biraz diye... Her şubat sen de yaşıyor musun bunu? (İlk defa sen diyorum size. Sizli bizli sevdiğim sevgili okur!)

"Şöyle bir gitmek" geliyor mu? Her şubat ama.. Her şubat. Kasımda birikmeye başlıyor mu bardağın dibine doğru bir tortu? Bıkkınlık şubatta boğazını sarıyor mu? Bir tuhaf kırgınlık başlıyor mu, yerli yersiz, şuna buna, herkese?... Bir şekilde anlaşıyoruz o zaman... Yanıt "evet"se yani... Şubat boyunca aynı yazıyı yazacak gibiyim: "Mart ayı baharın ilk ayıdır. Nisan yağmurlu olur. Mayıs yazı çağırır. Haziran heveslidir. Temmuz sıcaktır. Agustos nemlidir, Sonra Eylül gelir ve bitirir yazı."

Mart ayı baharın ilk ayıdır.. Nisan yağmurlu olur... Mayıs yazı çağırır... Ama en önemlisi, şubat kısa bir aydır. Çabuk geçer... Umarım!..

## *Neden?*

(Bu yazı az önce beni ziyaret eden bir üniversite öğrencisiyle yaptığımız sohbetten sonra kaleme alındı. Genç arkadaşım televizyondaki kadınların göründükleri gibi olmadıklarına ve televizyon sektörüne girenlerin hepsinin ahlâki değerlerini kaybedeceğine, hadi açık söyleyeyim, kadınların taviz vermeden bir yerlere gelemeyeceğine inandırılmıştı. Sektörün içinden birileri tarafından hem de...)

Arkadaşlar... Saygıdeğer büyüklerim, sevgili küçüklerim...

Şimdi ben size "Ayy, ne kadar güzelsiniz" desem "Yok canım, nereden çıkarıyorsun?" der misiniz, demez misiniz?

Hadi kimse duymayacak, içtenlikle yanıt verelim şu sorulara. Bunu derken içinizden "İyi oldu saçımı bu renge boyattım, e güzelim tabii" cümlesi geçer mi, geçmez mi?..

Bir araya geldiklerinde "Vallahi hiç sevmem dedikoduyu" başlığını oluşturan bu dört kelimeyi ne sıklıkla kullanırsınız? "O buralara gelene kadar var ya, kimlerle birlikte oldu" diye bir cümle çıktı mı ağzınızdan? "Benim maaşım bu kadar, peki o ne kadar alıyor acaba?" isimli gerilim filminin başrol oyuncusu olarak kafasını kırmak istediğiniz iş arkadaşınıza artiz artiz gülümsediniz mi? "Nereye?" sorusuna "Şöyle bir dolaşıp geleceğim" diyen eşinize, sevgilinize, nişanlınıza o anda hiç güvenmediğiniz hâlde "Tamam aşkım, çabucak git gel" dediniz mi?

Arkasından fırladığınız gibi takip ettiniz mi? Sonra hiçbir şey olmamış gibi eve dönüp televizyon başında uyuyor durumuna geçtiniz mi? Cep telefonunu karıştırdınız mı? Mesajları kontrol ettiniz mi? Eşinizin arkadaşının canınızı çok sıkan karısına "Ay ne iyi oldu vallahi, öyle özlemiştim ki!" dedikten ve o mekândan çıktıktan sonra eşinize "Bir daha bu sinir şeyle bir araya getirme beni!" fırçası çektiniz mi?

Terk ettiğiniz kişiye sessiz telefonlar açarak, hayatındaki varlığınızı devam ettirdiniz mi? Aynı kişiyi ikide bir arayarak yeni ilişkisini yıkmayı denediniz mi? Acayip nefret ettiğiniz bir ünlüye sokakta rastladığınızda "Aferin sana! Bravo, devam et yoluna. Seni çok beğeniyor, çok tutuyoruz, hep senin şarkılarını dinliyoruz" dediniz mi? Çıplaklığını, davranışlarını, konuşmalarını ekran başında sürekli eleştirdiğiniz bir mankene rastladığınızda sarılıp onu öptünüz mü?

Kızcağızı "Halk beni seviyor ve ne demek istediğimi anlıyor" diye konuşturacak kadar buna inandırdınız mı? Oyunuzu vermeyip "Bu ülke adam olmaz kardeşim" diye söylendiniz mi? Yere göğe koyamadıklarınızı bir gün "Kim bu yahu!" diye bir kenara ittiniz mi? Kaçak dövüşenleri, namussuzları, hainleri aranıza alıp "şereflerine" kadeh kaldırdınız mı, onlara alkış tutunuz mu? Kara parayla yaşayanları "ünlü işadamları" diye kabullendiniz mi? "Tamam mı, bu mudur yani?" diye sordunuz mu hiç kendinize? "Rüzgâr tersten esiyordu, hoca bana takmıştı, müdür zaten onu kolluyordu, filancanın yeğeni, bilmem kimin yakınıydı" diyerek kendi başarısızlığınıza kılıflar buldunuz mu?

Hiç ama hiç tanımadığınız bir insan hakkında kalabalıklarda "Hiç sevmem ben onu" dediniz mi?

Size neden diye sorulduğunda "Ay bilmem, hiç içten bulmuyorum onu" diye suratınızı buruşturdunuz mu? Gerçekten kendinize karşı ne kadar samimi olduğunuzu tarttınız mı hiç? Yoksa biz içtenlik paranoyası içinde samimiyetsiz bir topluluk muyuz? Bunu hiç düşündünüz mü?..

# Her İlişki

Başlangıçta çok sevimli gelmişti. Uzun ve yorucu bir dönemin ardından tek başına yerleşilen evin yabancılığını azaltıyordu. Eve dönmek için bir nedendi. Sonbaharın gittikçe soğuyan akşamlarında sıcacık bir varlıktı koltukta birlikte televizyon izlenen. Birbirleri için önemli olmaya başladılar zamanla. Aynı evin içinde birbirlerine son derece saygılı yaşıyorlardı. Kadın her ilişkide olduğu gibi evin düzeninden, yemekten, alışverişten sorumluydu. Evin içindeki sessiz huzur ona yetiyordu. Gittikçe bağlandılar birbirlerine. Eve gelen konuklar da kısa zamanda benimsediler bu yeni ve sevimli ikiliyi.

Ama kadın çalışmak zorundaydı. Üstelik işi çok zaman alan, bedensel ve zihinsel uğraşıyı gerektiren bir işti. İş saatleri uzamaya başladı. Bu arada daha önceki mutsuzlukların kalıntıları da uçup gitmiş, sosyal hayatın neşesi bu yorgunluğu azaltır olmuştu. İş çıkışı arkadaşlarıyla buluşan kadın eve daha geç gelmeye, bazı hafta sonlarını bütün gün dışarda geçirmeye başlamıştı. Kalbinin bir tarafı hep rahatsızdı. Evdekindeydi aklı. Yalnız bıraktığı için, onunla yeterince ilgilenmediği için sıkılıyordu canı. Ama iş ve sosyal yaşamını düşünmek zorundaydı. Çok yoruluyordu ve biraz eğlenmek hakkıydı.

Bir gün kadın işyerindeyken telefonu çaldı. Arayan evin temizlikçisiydi. Ağlamaktan konuşamıyordu telefonda. "Hastaneye yetiştirdik ama ameliyata alacaklarmış. Balkondan düştü" cümlesini duyar duymaz fırladı kadın. Hastaneye geldiğinde ameliyattan çıkmıştı. "Durumu iyi," dedi doktor: "Kafatasında ve damakta çatlak var." Hastane çıkışı birbirlerini ne kadar sevdiklerini anladılar. Kadın suyunu bile damlalıkla içiriyordu.

Sonra yine aynı noktaya gelindi. Kadın her şeye yetişemiyordu işte. Eve iş getirmeye başlayınca, evde birlikte geçirdikleri zaman da azaldı. Üstelik kadın yatağında istemiyordu onu artık. Bilgisayarında yazı yazarken durmadan söylenmesinden usandığını düşündü. Bu ilişki ağır gelmeye başlamıştı.

Sabah uyandığında bilgisayarın üzerine çiş, beyaz koltukların üzerine kaka yapıldığını gördü. Üstelik bu işi yapan, kadının o gün işe giderken giymek için hazırladığı kostümlerin üzerinde oturuyor, yaptığından da hiç pişman görünmüyordu. Büyük yıkımın ilk korkunç kavgasını ettiler. Günlerden cumaydı ve kadın bütün bir haftanın yorgunluğu ile hem ağlıyor hem etrafı temizlemeye çalışıyordu. Bol bol bağrıştılar.

Bu sabah uyandığımda, yıllar önce kedim Paşa ile yaşadığım o cuma sabahı geldi aklıma. Birbirimizi ne çok sevdiğimizi düşünürken nasıl kıyasıya bir mücadeleye girdiğimizi. Çok güzel görkemli bir İran kedisiydi Paşa. Son derece de kişilikliydi. İkimiz arasındaki gerilim onu gittikçe mutsuz ediyordu, tabii beni de. Bir süre sakat taklidi yaptı. Sonra eve misafir geldiğinde kendini koltuktan koltuğa atmaya başladı. Her gelene söyleniyordu. Bir yurtdışı seyahatine çıkarken veteriner bir arkadaşıma bıraktım. Şimdi bahçeli ve mutlu bir evde yaşıyor. Bu sabah bir daha düşündüm de, "İnsan sadece kendisi için seviyor karşısındakini." Sorumluluğu fazla gelince kaçıyor. Bu bir kedi de olsa, bir sevgili de...

## Aşk Her Yerde

Üç saatlik bir boşluk... Ne yapacağımızı şaşırdığımız, kocaman bir üç saat... İpek arkadaşımla birbirimize bakarken, "Sinemaya gidelim," dedi İpek. "Tamam, şahane, gidelim," dedim ben de. Liseden kalma okulu kırıp sinemaya gitmenin tadı ile attık kendimizi bir salona. Seçtiğimiz film, çevremizdeki romantik arkadaşlarımızın mutlaka gidin dedikleri "Aşk Her Yerde" isimli, ünlü ve iyi oyunculara sırtını vermiş bir romantik komedi..

Eğlenceli, biraz uzun bir film... Neyse, filmi anlatmak değil niyetim...

Hava şartları sayesinde iyi oldu; evde vakit geçiriyoruz birkaç gündür. Birbirine girmiş kağıtlar, faturalar, poliçeler düzenleniyor, nasılsa seyrederim diye alınmış ve unutulmuş filmler çekmecelerden çıkıyor, pencereden sokaktaki çocuklar izleniyor... Girişte sözünü ettiğim filmdeki güzel sahnelerden birinde, bir düğün kaseti izleniyordu ve "bir şey" açığa çıkıyordu o sırada... Böyledir; kimi zaman karanlık, ayarsız, beceriksizce çekilmiş o görüntüler; mutlaka bir şeyi açığa çıkarır... Düğünün video görüntülerinden hırsızlar yakalanır mesela... Ne çok eğlenildiği, ya da ne çok insanın öpüldüğü anlaşılır...

Hazır evdeyken, video kameranın bantlarını toparlayıp CD'ye aktarmak için hazır edeyim dedim. Kamerada en son ne varmış diye baktığımda kız kardeşimin düğünü çıktı... Şöyle bir hızla sardırarak baktım o geceye... Ne asık suratlıymışım... Babam ağlamış... Annem ateşli ateşli bir şeyler anlatıyor... Konuklardan bir çift tartışıyor... Kızım üzerindeki minyatür gelinlikle bütün gece oynamış... Yine ben... Yine ekşi bir surat... Hay Allah, bizim damat haklıymış. "Bütün gece kötü kötü baktın bana!" deyip durmuştu düğün sonrası. Ben de "Yok canım, yorgundum," filan demiştim... Kız kardeşimi, oyun arkadaşımı, sırdaşımı, dert ortağımı yolcu etmek belli ki o gece en çok beni kederlendirmiş... Neyse ki damat güler yüzlü, sevecen ve olgun bir insan... İdare etmiş ablayı...

Sonra diğer bantlara baktım... Hızla geriye sardırıp, izliyordum bir yandan da... Kızımı hıçkırık tutmuş, limon vermişiz; suratını nasıl da buruşturuyor... Daha iki aylık. Gözleri masmaviymiş o zaman... Hastalanmışız, ikimiz de burnumuz tıkalı uyuyoruz. Babası bizi çekmiş... Ankara'da bütün aile bayram yemeğindeyiz... Bangkok'ta sokak satıcısıyla pazarlık yapıyor eşim, ben onu çekmişim, o da beni çekmiş; kızarmış muz yiyorum... Melda ile muhteşem bir tapınak kapısında oturmuş, su içiyoruz... Taksim'de bir kitabevinin vitrinine yapıştırmışım burnumu. Vitrinde benim kitabım duruyor... İtalya Konsolosluğu'nun olduğu sokağa girmişiz... Elimde kitap ve ben kameraya kocaman bir sevinç içinde el kol hareketleri ile anlatıyorum; Bu... Benim... Kitabım!

"Aşk Her Yerde" isimli filmde bir başka sahnede, bir cenaze töreninde, "geçmişiyle" uğurlanıyordu kalanlara veda eden... Aslında... Bir video kameraya gerek yok... Kar yağan bir pencerede akıp gidiyor zaten ömrümüz... Gerçekten her bir karesinde, hepimizin kişisel tarihinde, aşk her yerde...

## *Aslında 'Yaz Yağmuru'*

Sokakta oyun oynamanın tarifsiz özgürlüğünü bilenler, bu tatlı saatleri ansızın ıslatıveren yaz yağmurunun o güzelim kokusunu anımsayacaklardır. O koku pek çok insan için bilinen bir gerçekse de sokakta tam da yakantop oynarken bastıran yağmurun asfaltta, çocuk saçlarında ve meyveleri çalınan bahçelerin toprağında bıraktığı koku bambaşkadır. Ellerimizi koltuğumuzun altına sıkıştırıp ıslanan hanımeli kokusunu da içimize çeke çeke, hikâyesinin yarısını da aramızdan birinin uydurduğu bir korku filmi anlatmaya başlardık. Ayakları ters dönen adamlar, geceleri maymun olan kadınlar ya da durup dururken komşularına saldıran katillerin hikâyeleriyle kocaman açılan gözlerimiz, saçlarımızdan damlayan yağmur suyuna bakmak için şaşı olurdu.

Bir anda gök gürültüsüyle sokağı ıslatan yağmurdan sakınan anneler camdan sarkarak çocuklarını eve çağırırlardı. Hikâyenin en korkunç yerinde annesinin sesiyle irkilen çocukta yanıt hep aynıydı: "Off anne yaa, ben ıslanmadım yaa, duvar dibindeyiz bizi merak etmeee..." Hikâye biter, belki bir yenisi başlar, derken yağmur yavaşça çekilirdi sokağımızdan. Başka sokaklara, başka çocukların oyunlarını bozmaya giderdi. Biz de kaldığımız yerden devam ederdik. Yakantoplar canımızı yakardı.

Daha önce de sözünü etmiştim, ama tam da yeri gelmişken, canlanan hayaliyle ilk aşkımı anmadan geçemeyeceğim şimdi. O, topları canımı en fazla yakacak şekilde atar ve mutlaka karşı takımda olmaya özen gösterirdi. Eğer oyunu biz kazanırsak, iki omzumdan sarkan örgülerimden birini gücü yettiğince çeker, sonra da eve kaçardı. Bacak kadarken belki de içgüdüsel olarak öğrendiğimiz ilk şey buydu. Aşk didişmektir. Karşı tarafta olmaktır. Ve hep neden aynı takımda oynamıyoruz diye sinir olmaktır. Birer hasım değil de iki arkadaş olmak gerektiğini öğrenmek epey bir zamanımızı aldı...

Yine yaz yağmurundan kaçıp da sığındığımız bir duvar dibinde kafamdan aşağı bir kova çerçöp dökmüştü. Ne olduğunu anlamam da yıllar sürdü. O gün ona iyi bir tekme attım, ama bugün anlıyorum ki aşlında çiçeklerini sabırla yolduğu hanımellerini başımdan aşağı dökmek istemişti. Ancak utandı mı, yetersiz mi buldu nedir, içine biraz odun parçaları, toprak filan ilave edip durumu kamufle edeyim diye düşündü herhalde. O benim hanımellerini çok sevdiğimi düşünüyor, belki jest yapmak istiyordu, ama ben her zamanki gibi sevdiğim bir şeye zarar veriyor, çiçekleri yoluyor diye ona bağırıyordum.

Her yaz yağmurundan sonra gökkuşağı arardık. Çok nadir görünürdü. Eğer gördüysek, o akşam yemeğinde anlatılacak mühim bir konu var demekti. Taze naneli salata kokusu, altından geçemediğim gökkuşaklarıdır benim için.

Bu sabah uykumdan gökgürültüsü ile uyandım. Müthiş bir yağmur vardı. Gece sıcak olunca pencereler açık uyunur ya... Yağmur odamıza da yağmaya başladı. Kalktım. Camları kapatırken burnuma dolan o yağmur kokusu alıp götürdü beni. Şu anda penceremden izlemeye doyamadığım arnavutkaldırımlı yokuşa bakıyorum bir yandan. Yağmur dindi. Güneş açacak gibi. Buralardan gökkuşağı göremiyorum. **Hâlâ ikili ilişkilerde, "aslında ne yaparken ne demek istediğimizi" anlamakta güçlük çekebiliyorum.** Sevdiğimiz şeylere zarar verdiklerini düşünürken biz, belki de onlar sevdiğimiz şeyleri hediye etmek istiyorlar...

Yeni bir gün başlıyor. Bakalım haberler ne söyleyecek? Yağmurlardan sonra neler olacak? Kaç kişi bugün, "Ben aslında seni seviyorum... demek istemiştim" diyecek?..

# *Kwai Nehri Üzerinde*

Yaklaşık iki buçuk saat not defterimi aradım. Sonraki iki saatimi de not defterimi kaybettiğim için ansiklopedilerde ve internette Kwai Köprüsü ile ilgili bilgi arayarak geçirdim. Yazıklar olsun bana ya da Kwai Köprüsü yazınca bir iki seyahat yazısı dışında sadece meşhur filmle ilgili bilgiler dökülmesine sebep olan sisteme...

Size anlatacak öyle çok ayrıntı vardı ki...

Bangkok'tan yola çıkıp yaklaşık iki saatlik bir yolculuktan sonra Kanchanaburi şehrine ulaştık. Hedefimiz Kwai Nehri üzerindeki meşhur Kwai Köprüsü'nü görmek, daha sonra İkinci Dünya Savaşı döneminin izlerini taşıyan yerleri ve müzeyi gezmekti. Ama nehre gitmeden önce otobüsümüz bir mezarlığın önünde durdu. Kapısında ziyarete gelen turistlere, kızarmış muz, kart, harita ve kitapçık satmak isteyen satıcılar vardı. İçeri girdiğimizde rehberimiz kısa bir konuşma yaptı;

"İkinci Dünya Savaşı sırasında esir düşen ve Kwai Köprüsü' nün inşaatı sırasında ölen 7000 askerden bir kısmının anıt mezarları bunlar. Mezar taşları üzerindeki doğum ve ölüm tarihlerini gördüğünüzde şaşırmayın... Neredeyse çocuk yaştalar..."

Mezar taşlarının üzerindeki yazılar rehberimizi doğruluyordu. 24 yaşında... 23 yaşında... 31 yaşında... 24 yaşında... 21 yaşında... 32 yaşında...

"Beni unutma!"

"İngiltere için."

"Güller içinde uyuyor."

"Tek şey kaldı ondan geriye, özlem."

Sessiz sessiz dolaşıyoruz mezar taşları arasında. Fotoğraflar çekiyoruz. Sonra "ölüm raylarının" geçtiği meşhur köprüye doğru yol alıyoruz...

Köprüye geldiğimizde kavurucu bir öğlen güneşi duruyor tepemizde. Taylandlı işçiler köprünün ışıklandırma sistemiyle ilgili arızayı gidermek için çalışıyorlar. Dünyanın her yanından insanlar fotoğraf çekiyorlar. Dudaklarımızda filmin hikâyesinin tersine, o neşeli melodisi, ıslık çalıp duruyoruz...

Sonra bir sala binip nehir boyunca iki yanımızı seyrederek hikâyenin kahramanlarının yaşadığı barakalara doğru yol alıyoruz.

Sazların örttüğü damın altında bambu yatakların üzerine asmışlar o yılları anlatan temsili resimleri... Birkaç siyah beyaz fotoğraf da var. Belli ki esaretin ilk yılları; görünümleri çok sağlıksız değil... Sonra birden dehşeti görüyoruz.

Burma ve Myanmar arasında normalde 5 yılda tamamlanabilecek bir tren yolunu 15 ayda bitirtiyor Japonlar, esir düşen İngiliz askerlere. Yaklaşık 30 bin civarında asker çalışıyor ölümüne... Ölüyorlar! Bakımsızlıktan, hastalıktan, açlıktan... Tayland hükümeti yalnızca rayın geçmesine izin veriyor ve başka bir şeye karışmıyor o tarihte. Japonlar sadece ama sadece pirinçle besledikleri askerlerin kurtlanmış yaralarına, koleradan kırılmalarına, yavaş yavaş ölümlerine hiçbir tepki vermiyor.

İkinci Dünya Savaşı sırasında 15 ayda bitirilen Kwai Köprüsü bombalanarak yıkılıyor. Bugünkü köprü ilkinin birebir kopyası. Baraka müzeden çıkmak üzereyken bir mektup gözüme çarpıyor. 1981 yılında yazılmış. 1945 yılında sağ kalıp ülkesine kavuşabilenlerden bir asker 36 yıl sonra Kanchanaburi'ye ve Kwai Nehri'ne bir ziyaret gerçekleştirmiş. "Bir daha o günleri anımsamak kötüydü ama bittiğini bilmek... Şükürler olsun Tanrım!" diyor.

Kısa bir yağmur indirdi biz şehri ardımızda bırakırken. Ellerinde yasemin çiçekleri ile ayakları çıplak dolaşıyordu çekik gözlü Thai çocuklar... Ön koltuktaki konuşmaya kulak misafiri oldum; "Pek üzülemeyeceğim onlar için," diyordu sesin sahibi. Ne işleri varmış bu topraklarda, gelmeselerdi." Arkamdaki koltukta oturan erkek ise sevgilisine; "Hiçbir güç beni savaştıramaz, hiçbir güç!" diyordu...

Gece olmuştu biz Bangkok'a döndüğümüzde. Gökdelenlerin ışıkları arasında kıvrılan "High way"lerden biri bizi otelimize ulaştırdı. Odaya gidip kendimi yatağa attığımda televizyon kumandasına gitti elim. CNN'i açtığımda Amerika Birleşik Devletleri Başkanı George Bush'u gördü gözlerim. Bağdat'ta idi... "Buradaki işimizi bitirmeden bir yere gitmiyoruz!" diyordu. Amerikan'ın 24, 25, 32, 33 yaşındaki askerleri alkışlıyorlardı 'Bay Başkan'ı...

Belki ben bu yazıyı yazarken bir kadın bir erkek bebek getiriyor dünyaya dünyanın kim bilir hangi bucağında... Kim bilir o erkek bebek dünyanın hangi köşesinde ölecek ve ne annesi, ne sevdiği, ne de kendisi bilebilecek neden doğduğu yerde ölmediğini?

Ama mezar taşında "Doğduğu toprak için öldüğü" yazacak... Tıpkı Tayland'da 23 yaşında ölen ve mezar taşında "İngiltere için" yazan Anthony gibi...

## *Sorun Nedir?*

Sizin bugün için sorununuz nedir? Sorunlara çözüm bulduğum filan yok, öylesine meraktan soruyorum yani...

Mesela aylık harcamalarınızı alt alta yazıp, üst üste topladığınızda ortaya çıkan durum olabilir mi sorun?.. Akşam işten çıkınca çocuğu annenizden, kayınvalidenizden ya da kreşten almak ama o arada bir de markete uğramak zorunda olmak ve eve döner dönmez de yemek pişirme gerekliliğini düşünmek olabilir mi?

(Akşam işten çıkınca çocuğu bulunduğu yerden alıp, markete uğrayan; eve gelir gelmez yemek yapmak için mutfağa giren ve bu yüzden sürekli sinirli olan, yüzü hiç gülmeyen, sizin de tüm gün boyunca nasıl çalıştığınızı hiç ama hiç düşünmeyen, her türlü olumsuzluktan daima sizi sorumlu tutan eşinizi düşünmek olabilir mi?)

Sürekli kendini bir şey zannederek dolaşan ve saçma sapan kurallarla yaşamınızı zindana çeviren şefiniz olabilir mi?..

(Koyduğunuz tüm kurallara rağmen hâlâ aynı hataları yaparak işlerin aksamasına sebep olan, defalarca kendisini ikaz ettiğiniz, zaman zaman sebep olduğu hasarları telafi ettiğiniz ama buna rağmen sizi asla anlamamakta direnen ve sadece şefi olduğunuz için arkanızdan konuşan iş arkadaşınız olabilir mi?) Sadece kendi zevkleri doğrultusunda yaşamayı seçen ve koca bir pazarı televizyon başında futbol seyrederek geçiren kocanızın duyarsız, ilgisiz ve sizi çıldırtan halleri olabilir mi?

(Hiçbir lüksünüzün olmadığı sıradan yaşamınızın içindeki tek eğlenceli gününüz olan pazarları asık suratı ve durmadan söylenmesi ile zehir eden, izlediğiniz maçları bile burnunuzdan getiren, size daima suçluluk duygusu yaşatan karınızın telefondaki ağlamaklı sesi olabilir mi?)

Verdiğiniz kurs parasını kursa yatırmayıp arkadaşlarıyla yiyip bitiren, girdiği sınavlardan sürekli kötü notlar alan, sizi beğenmeyen, yemek seçen, telefon faturasının yüksekliğinin baş sebebi olan ve sizin bütün bir yıl o okul taksidini ödemek için nasıl didindiğinizi hiç umursamadan bir kez daha sınıfta kalmaya doğru koşar adım ilerleyen çocuğunuz olabilir mi?

(Yeterince harçlık vermedikleri için mecburen o kurs parasını harcamak zorunda kalmanıza sebep olan, yaşadığınız heyecanları, aşk acısını, baskıları asla dinlemeyip sizi sadece bir karne olarak gören, yüzü hiç gülmeyen ve durmadan "Ben o okul taksitlerini neler çekerek ödüyorum biliyor musun?" diye hayatınızı karartan anne babanız olabilir mi?)

Sizin sorununuz hangisi?...

Parantezin içindeki mi, dışındaki mi?.. Sorun hangisindeyse, çözümü diğerinde olabilir mi acaba?..

*(...)*
*"Sen el kadar bir kadınsındır*
*Sabahlara kadar beyaz ve kirpikli*
*Bazı ağaçlara kapı komşu*
*Bazı çiçeklerin andırdığı*
*Bu iş bu kadarla bitse iyi*
*Bir insan edinmişsindir kendine*
*Bir şarkı edinmişsindir, bir umut"*
*(...)*

*Cemal Süreya*

# *Mutfak*

Elinde bıçak, fayansları seyretmeye başladı kadın. Çalı fasulyesini ayıklamış, soğanların ve domateslerin kabuklarını soymuştu. Hepsini çiğden karıştıracak, kısık ateşte pişmeye bırakacaktı. Domatesleri küçük küçük doğrarken birden büyük bir yorgunluk hissetti. Omuzları düşük, sırtı hafif kambur, ellerinde domates ve soğan kokusu, kaç yıldır bu fayansların önünde yemek pişirdiğini, bulaşık yıkadığını düşündü. Bıçağı bıraktı tezgâha ve yatak odasına doğru yürüdü. Yatağın üzerine oturdu.

"Tozları almasam, lavaboları ovmasam, ütü yapmasam ne değişir," diye düşündü. "Ya da şimdi çekip gitsem." Tuvalet masasının aynasında kendine baktı. Bakımsız saçlarını, gözünün altındaki mor lekeleri ve yüzündeki sarkmayı fark etti bir kez daha. Geçip giden zamana ve zamanın hızına şaştı. Özel günler için saklanan, o özel günler de çok nadir söz konusu olduğundan bayatlamış parfümlere, aynanın önüne dizdiği diğer süs eşyalarına baktı. Kimse sorumlu değildi bu **bayatlamadan**. Kendisi dışında...

Mutfağa döndü. Alıştığı şeyleri yapmaya başladı yine. Tencereye hazırladığı malzemeyi koydu. Şekerini ilave etti. Kapağını kapadı. Elbezlerini yıkadı. Buzdolabını temizledi. Sebzelikten bozulmaya yüz tutmuş sebzeleri çıkarıp attı. Çöpün ağzını bağladı. Kapının önüne koydu. Evi toparladı. Gömlekleri ütüledi. Yatak çarşaflarını değiştirdi. Makineden çıkardığı çamaşırları astı. Salata malzemelerini yıkadı. Salatayı hazırladı. Üzerini kapadı.

Pişmiş olan fasulyeyi servis tabağına aktardı. Dolaba kaldırdı. Mutfağa bir göz attı. Her şey yolunda görünüyordu.

Ayakkabılarını giydi. "Bir not bırakmalı mıyım?" diye düşündü. Kalem aradı. Bulduğundaysa ne yazacağını bilmiyordu. Hiçbir şey yazmamaya karar verdi. Çantasını aldı. Anahtarını masanın üzerine bıraktı. Kapıyı çekti. Merdivenlerden yavaş yavaş indi. Apartmandan çıktığını gören kediler yemek hevesiyle miyavlamaya başladılar. Sokağın başına doğru yürümeye başladı. Caddeye çıktı. Bir taksiye bindi. Nereye gideceğini düşünmemişti. Herhangi bir yer söyledi. Radyoda sevdiği bir şarkı vardı. Birden ağlamaya başladı. Taksici önce ses etmedi, sonra bir mendil uzattı. Belli ki alışkındı.

Ağlarken karışık bir sürü şeyi düşünüyordu. İlk çocuğunun doğumunu, kocasının çapkınlığını, annesinin cenazesini, çocukluğunu... Hepsine birden ağlıyordu sanki. Kaçırılmış fırsatlara, bırakılmış olasılıklara, yarım bıraktıklarına... Doğradığı bütün patates ve soğanlara. Ve hiçbir yere gidemeyişine. Her defasında vazgeçişlerine. Yine pişman olarak evinin adresini söyledi şoföre. Anlayışla kafa salladı şoför. Hiç acele etmeden bıraktı kadını evinin kapısına.

"Okuldan gelmiştir," diye düşündü zili çalarken. Oğlu açtı kapıyı yüzüne bakmadan. "Neredesin anne ya, karnım aç benim!"

Kadın kalakaldı kapının önünde. Her şey hazırdı oysa. "Ben yetiştirdim bu çocuğu" diye düşünerek mutfağa girdi. Yemekleri çıkardı. "Bir gün çekip gitsem açlıktan ölür mü bunlar?" dedi yüksek sesle. Bir gün çekip gidemeyeceğine yandı içi. Sofrayı kurdu. Oğluna seslendi. Anahtarına çarptı gözü. Çantasına koydu. Masayı topladı. Bulaşıkları yıkarken gözü fayanslara takıldı yine.

Radyodaki şarkıyı dinlemeye başladı usul usul...

Oğlunun sesi geldi içeriden. "Anne kapı çalıyor, baksana..." Boğazında bir ağrı, kapıyı açmaya gitti kadın. Kocası gelmişti. Karşı komşusu da okuldan gelen çocuğunu karşılıyordu. Güldüler birbirlerine. "Gözaltları morarmış!" diye düşündü ikisi de. Birbirlerine ne kadar benzediklerini fark etmeden, duvarlar ve fayanslarla birbirinden ayrılmış mutfaklarda sıradan günlerine devam ettiler... Usul usul şarkı söyleyerek, ağlayarak hâllerine...

## *Aza Kanaat Ettikçe "Hiç"e Reva Görülen*

Usanmak, vazgeçmek, umursamamak...

Bu üç kelime eğer bu sırayla dizilmişse artık bir insan yaşamında, sevilmeyi özlemeye başlamıştır o insan. Sadece şefkatli bir ses ve o sesin tek bir hecesi bile yeter yağmurlu bir günü güneşli bir gün yapıvermeye... Karşımdaki suretin durgunluğu tanıdık... Usanmaktan vazgeçmişliğe uzanan bir koridorda; ağlamadan, söylenmeden, gözünü kırpmadan oturuyor...

Mutsuz olması için hiçbir sebep yok oysa. Bir işi, bir evi, ailesi, geliri, vesairesi, vesairesi var... Hayatın beyaz, kalın resim kâğıdına benzeyen ilk gününde, kurşun kalemle bir çırpıda çizilmiş ilk taslağında ne varsa hepsi tamam yani. İş boyamaya geldiğinde, içlerini doldurmak gerektiğinde başlıyor bütün mesele... "Daha ne istiyorsun?" diyorlar.

Oysa o kelime, "daha", ne korkunç, ne büyük, ne yıkık bir köprüdür. O kadar yıkıktır ki; döküntüsü tıkamıştır zaten bütün yolları...

Şimdi, oturduğu yerden kalkmadan yapıyor yapmak zorunda olduklarını. Ve hiç de mutluluk duymuyor mutluluk duyması gerekenlerden... Her şeyin, her ilişkinin, her adamın, her kadının, her günün bir şekilde **"aynılaşması"** yoruyor aslında. Kırmızı ışıkların uzun, yeşillerin kısa olması, üzerinde uzlaşılmış her meselenin sonunda rengini kaybetmesi, "asansörü ve 24 saat sıcak suyu olan her dairenin" ultra lüks sayılması gibi...

Yani son derece sıradan, yani sadece olması gerekenin olduğu her durumun; şükran duyulması gereken bir hâlmiş gibi sunulması... Ve en çok da aza kanaat ettikçe "hiç"in reva görülmesi usandırıyor...

Sonra vazgeçiyor anlaşılmayı, aranmayı, özlenmeyi beklemekten... Kırılanı, örseleneni, dağılanı düzeltmekten ve gün üstüne ün koyup biriktirmekten... Birikmiş öfkeleri bilemekten vazgeçiyor...

Artık o, koridorda öylece otururken umursamıyor daha önce bugüne sebep olanların tekrara düşmesini.

Öyle ya; daha ne istiyor ki? "Asansörü ve sıcak suyu varken" ve her şey ultra lüks diye pazarlanırken?.. Kurşun kalemle eskizi çizilmiş ve sonradan renklendirilmiş bir hayatın ne eksiği olabilir ki? Renkleri uyumsuz ve solgun olsa ne çıkar?...

**Sadece "sevilmek" harekete geçirir donmakta olan bir kalbi. Ve hızla çarpan bir kalptir her seferinde, dünya üzerindeki onca güzel şeyin sebebi... Yani... Sızlayan yerinden sevmeye başlamalı bir insanı. Sevdiği kadar da sevilmektir zaten bir acının yara bandı...**

## *Bir Pazar Günü...*

Annemin avucunun içinde elimin kaybolduğu günlerin hatırası çok net. Pazar günleri domatesli veya patatesli yumurta ve de kızarmış ekmekli uzun kahvaltının ardından mutlaka pazara gidilirdi. Ben deli gibi ağlardım annemin arkasından.

Sadece pazara giderken ağlardım.

O görkemli kalabalık, bağıran pazarcılar, torba taşıyan kadınlar, maydonoz, nar ve sarmısak tablaları ile balık temizleyen elleri kıpkırmızı adamlar çok ilgimi çekerdi.

Bazen annemin elini unutur, kaybolurdum o karmaşada.

Az sonra ensemde unuttuğum o el belirir, bir ses iyice azarlardı beni. Azarlayan sesin eline daha çok sarılırdım; bir daha pazara getirmez beni diye korkarak.

Geceleri yorgun argın, iş çıkışı yaptığım market alışverişleri sırasında otomatik hareketlerle market arabasına doldurduğum hormonlu domates ve biberler hiçbir heyecana sebep olmuyorlar. Bir şey unutmadan çıkmalıyım buradan telaşı, eve gidince yapılacakların kaygısı, beni benden eden; yaşamımda evim dışında neredeyse her yeri kaplayan beyaz floresan ışıkları altında, sırtımda ve ayaklarımda bitmez bir ağrıyla kasada bekliyorum.

Annemin elleri içinde kaybolan ellerimin yaşlanmaya başladığını fark ediyorum cüzdanımı açarken. Canım acıyor.

Cüzdanı bırakıp, ellerimi açıyorum. Parmaklarıma bakıyorum... Daha çok vaktim var sanıyordum ben. "Kadının yüzü değil elleri belli eder yaşadıklarının toplamını"; bazen kelimelerden daha da anlamlı oluyor noktalar. Aldıklarımın tutarını söylüyor kasiyer. Kredi kartımı uzatıyorum. Dışarıda yine zehir gibi bir yağmur var. Üşüyorum, ve aslında o anda oradaki kaldırıma oturmak istiyorum.

Kızım avazı çıktığı kadar bağırıyor. Çıldırmış sanki. Kucağıma gelince susuyor. Şu anda ikimiz bilgisayar başındayız. O benim kucağımda, ağzında emzik somurtuyor ve ben tek parmakla yazımı bitirmeye çabalıyorum.

Bir taraftan da çorbasını içirmeye çalışıyorum. Şöyle fiyakalı bir pazar yazısı yazmayı çok arzu ederdim. Ancak ördek sesi çıkarmam gerekiyor ve şarkı söylemeliyim.

Her geçen gün kendimi aştığımı düşünüyorum. Bir çeşit teknoloji harikası makineye dönüşüyorum.

Ancak...

Hiçbir şey ellerimin yaşlanmasına engel olamıyor. Hiçbir şey annemin elleri içinde elimin kaybolduğu o çocuk günlerimin kokularını getirmiyor. Kendine değil, kokusuna bile razıyım. Bir pazar yerinin gürültülü, ışıltılı kokusuna.

Bir salata mutlu ederdi beni şimdi. Kırmızı soğanlı, maydanozlu, bol domatesli. Bir filmin karşısında uyumak. Sessizce kitap okumak. Çok beklenmiş bir mektup almak.

Benim yerime bir başkası düşünseydi çözülmesi gerekenleri şu anda, verilmesi gereken kararları bir başkası verseydi.

Büyümek böyle bir şeymiş demek; kaçamıyormuşsun hiçbir yere ve hayret ediyormuşsun ellerine.

## Asansör

Geçenlerde markette alışverişimin sonunda kasada cüzdanımı açarken fark etmiştim ellerimin yaşlandığını. Çok geçmedi üzerinden, birkaç hafta sonra bu kez asansörde fark ettim ki gözkapaklarım aşağı düşmüş. Sonra başladım yanaklarımı kontrol etmeye; hakikaten onlarda da var aynı hareket...

Ben asansörde kendimi incelerken birkaç genç adam bindi. Yüksek sesle ve neşeyle konuşuyorlardı. Konu galiba bilgisayardı... Galiba... Erkeklerin genellikle futbol ve arabadan konuşması kadınlar tarafından kanıksanmış ve artık bu iki konuyla ilgili yarışa girmekten çoktan vazgeçmiş olmalarının üzerinden çok geçmemişti aslında. Şimdi bir de bu... Sanki arabaya ilgisiz kalınabilir, futbola da, ama bilgisayarda cahil duruyor insan... Öyle boş boş bakınca... Neyse...

Bu genç erkek arkadaşlar kısa asansör beraberliğimiz boyunca dünyadaki tek meselenin konuştukları konu olduğuna hepimizi inandırdılar. Öyle hararetli, öyle inançlıydılar yani. Birden aklımdan geçti; şimdi ben bunlara "Kardeş" deseydim, "gözkapağınızda sarkma var mı?" Pek aklı başında biri olmadığımı düşünecekleri kesindi. Çokkatlı binalarda bir süre sonra böyle asansör düşünceleri geliştiriyor insan. Bu yazıyı yazana dek asansörlerdeki bana yönelik bakışlar "Hıımmm gerçekten zayıf mı?" sorusu taşırdı. Bugünden sonra kesin gözkapaklarıma bakılacak.

Ben böyle derin asansör düşünceleri içindeyken genç arkadaşlar indi ve orta yaşlı bir bey bindi asansöre, sessiz. Hâlinde tanıdık bir şey vardı... "İşte" dedim, "asansörde bir aynayla baş başa kaldığında kesinlikle o da bakmıştır yüzünün değişen çizgilerine."

Yaşlanma endişesi değil sözünü ettiğim... Değişen bedenime her dikkatli bakışımda aslında zamanın hızına hayretim...

Sadece kocaman bir şaşkınlık... Hay Allah ne zaman oldu bunlar?.. Nasıl da yavaş yavaş, ne kadar görünmeden geldiler...

Asansör hızında fark ediyor insan ömründen geçenleri... Birileri geliyor, birileri gidiyor. Kapılar açılıyor, kapanıyor... Yukarı çıkarken süs püs için var sanki aynalar... Aşağı inerkense görünen sureti incelemek için... Ne idim, ne oldum?..

Orta yaşlı adam indi asansörden. "İyi günler" dedi inerken. Kimseye bakmadı ama en azından veda etti. Bir de bunu öğreniyor insan galiba; giderken hoşça kal demeyi. Bir de... Yıllar önce üniversitede oyunculuk birinci sınıf öğrencisiyken Ergin Orbey oyunculuk eğitmenimizdi. Birinci dersini hiç unutmadım geçen onca yıla rağmen. Sahnedeydik, Ergin Hoca hepimize tek tek baktı ve konuşmaya başladı: "Unutmayın, asansörle çıkan asansörle iner... Siz merdiveni tercih edin. Yavaş yavaş çıkın. Çıkarken rastladıklarınıza iyi bakın. Unutmayın yüzlerini... Bir gün, bir kez daha aynı basamakta karşılaşırsanız mahcup olmayın... Hadi bakalım, yolunuz açık olsun."

# Anne Kapı Tık Etmesin

Uluğ adında müzisyen bir arkadaşım var. Pek sizli bizli, hoş, mesafeli bir dostluktur aramızdaki. Bir gün; "Kitaplarınızda birkaç yerde boynunuzdaki ipli anahtardan söz ediyorsunuz. Bir tekrara mı düşmüşsünüz yoksa bu sizde bir travmaya mı sebep olmuş?" diye sordu pek bir kibar ve de zarif ve de saygılı bir gülümseyişle...

"Travma!" diye yanıtladım net olarak... Türk Dil Kurumu'nun sözlüğünden travmanın ne olduğunu bir kez daha okuyalım. **Travma** (Fransızca): *1- Bir doku veya organın yapısını veya biçimini bozan ve dıştan mekanik bir tepki sonucu oluşan yerel yara.*

*2- Canlı üzerinde beden ve ruh açısından önemli ve etkili yaralanma belirtileri bırakan yaşantı.*

Her ikisi de bu durumun mutlak tarifi! Sözü edilen şey, çalışan bir annenin çocuğu olarak büyümektir. Belli bir yaştan sonra çalışan annelerin çocukları bakıcıların ellerinden kurtulup kişisel küçük ülkelerinin başına geçerler. Ama bu erken elde edilmiş özgürlük büyük bir yalnızlığı da beraberinde getirir.

Sözünü etmiştim daha önce de; "kapıyı anahtarla açmak", bugünün yalnız, kederli ve terk edilmiş erkeğini anlatmaktan çok daha önce; tüple, elektrikle, suyla oynaması yasak olan çocuklar için kullanılmıştı. "Zili çalma lüksü yoktur bu çocukların." Annesi evde olan ve soba yanan bir evde; "Yemek ye çocuğum", "Ateşin mi var çocuğum", "Kek yaptım çocuğum" cümlelerini duyarak büyüyen çocuklara imrenerek, ama her defasında "Bak yurttaki çocukların anne babaları ölmüş. Onlar kimsesiz. Hiç olmazsa biz akşamları beraberiz" tesellisini duyarak "şımarık bir çocuk olma hakkını" çoktan bir kenara bırakmak zorunda kalmışlardır. "Sen diğer çocuklar gibi değilsin. Sen akıllısın. Her şeyi kendi kendine yaparsın. Başarırsın. Seninle gurur duyuyorum. Aferin benim akıllı ve olgun çocuğum" cümleleri eşliğinde sessizce büyürler.

Ertelenmiş çocukluk, ertelenmiş sevilme ihtiyacı, ertelenmiş şefkat sözlükte adı gecen organ (kalp) ve adı geçen dokunun (ten) yapısını ve biçimini bozan ve dıştan mekanik bir tepki sonucu oluşan yerel yaralara sebep olurlar.

O yaralar ise kadın ya da erkek fark etmez, belli bir yaştan sonra insanın bedeninde ve ruhunda önemli ve etkili yaralanma belirtileri bırakan bir yaşantının sebebidirler...

Bence Türk Dil Kurumu durumu şahane açıklamıştır. Bugüne dek, çalışan anne ve çocuğu ikilisinde çocuk rolü benimdi. O travmaları anlatmak ne de kolaydı... İnsanların benim gibi olan yaralı taraflarını kurcalamak...

Bir süredir rolüm değişti. Çalışan ve çocuğu ikilisinde anne rolü artık bende... Ve her sabah arkamdan çığlıklar içinde gözyaşları döken bir çocuk bırakmanın bir anne organı (kalp) ve dokusunda (ten) nasıl bir travmaya sebep olduğunu öğreniyorum...

Dün arkadaşım Zeynep anlattı. Kahve içip teselli veriyorduk birbirimize. İki oğlu var Zeynep'in. Küçüğü Kerem 4 yaşında. Dünyayı ve insanları öğreniyor büyük bir hızla. Bir önceki gün, sabah annesinin yatağına gidip "Anne" demiş... "Anne ne olur bugün kaçma evden!" "Kaçmam," demiş Zeynep. Kerem boynunu büküp yalvarmış: "Anne, ama kapı tık etmesin!

# *Aşkın Uykusuz Gözleri*

Masanın üzerindeki şık telefonuna bayıldım. Benim geçen yıl kullandığım markanın en son modeliymiş. "Çok güzel telefondu ama şu mesajları cevaplama işinde çok ilkeldi. O yüzden eşimle değiştirdik telefonları," dedim. "Aa şu yandaki düğme var ya, onu yukarı doğru ittirdin mi boş sayfa açar, sen de mesajını yanıtlarsın," dedi. Ben hayret ve onca zamanın can sıkıntısıyla telefona bakakaldım. Nasıl yapılacağını gösterirken, mesaj kutusundaki üste üste aynı ismin mesajlarının yığılı olduğu da dikkatimden kaçmadı hani. Bir şey sormadım.

Dört kız arkadaş kahvaltı yapıyorduk. Telefonun sahibi zor ve sıkıntılı bir dönemi henüz atlatmıştı. Kendini yenilemiş, yaşamını sıfırlamış, fazlalıkları atmıştı. Yeni bir ev kurmuş ve yeniden başlamıştı kaldığı yerden. Üstelik, "Bir erkeğe yeniden bağlanmak mı?" diyordu. Her ayrılığın ardından söylendiği gibi... Aslında çok doğru bir şey yapmış, bir aşkın acısını başka bir aşkla geçirmeye kalkmamıştı. Aradan geçen altı ayın sonunda bir şeyler vardı galiba. Anlatmazsa sormayacaktım.

Çaylarımız yenilenirken, "Uykusuz musun kızım, gözünü açamıyorsun?" dedim. Tatlı tatlı güldü. Gülünce daha da fena güzelleşenlerdendir. Bunu da bütün ülke bilir yani. (Gördüğün gibi hakkında verdiğim tek ipucu bu işte.) "Off dayanamayacağım, âşık oldum ben!" dedi. Aşk uyku gibi gözünden akıyordu zaten. (Çalıkuşu'nda Feride'nin gözünden akmaz mı böyle?)

"On iki gündür hayatımın merkezi oldu. Uyumuyoruz zaman geçmesin diye. Yaşamım boyunca hiç görmediğim şeyler yaşıyorum. Bir erkek böyle de sevebilirmiş demek? Kalbimde sürekli bir çarpıntı var..." dedi. Masanın diğer üç kişisi hayran hayran onu dinliyorduk. Ben ve evli olan diğer arkadaşım büyük ihtimalle aynı şeyi düşünüyorduk. Bir zamanlar bizim için uykusuz bakan gözleri ve uykusuz geçirdiğimiz iş saatlerini. Yani kocalarımızı. Birbirimizi ziyaret ettiğimiz akşamlarda saatlerce bilgisayar oyunu oynayan kocalarımızı izlerken düşündüklerimiz geçti kafamızdan bir kez daha...

"Bu sevgililer koca olurken mi bazı şeyler eskidiler?"

Neyse konu bizim evliliklerimiz ve sıradanlaşan aşklarımız değil elbette. Ya da biraz da odur belki. "Aman ne güzel! Yaşa bunu doya doya," dedik. "Çünkü bitecek."

Bir an durdu. "Bitmese keşke," dedi. "Ama zaten bir pürüz var." Bu pürüz lafını duyar duymaz hepimizin tüyleri kalktı havaya. Belli bir yaştan sonra eğer bir erkekten söz ederken "pürüz" sözcüğü geçiyorsa, bu pürüzün annesi, işi ya da işsizliği, askerliği olmadığını bilirsiniz artık. Bu **pürüz** ya boşanma arifesinde olunan bir evliliktir ya da bir başka kadındır. Yıllar önce canım Aysel Gürel bir sohbetimizde, "Erkekler umuma açık yerler gibidirler. Temiz olanları kapılmıştır, kirli olana da kimse yüz vermez zaten," demişti. "O yüzden hâlâ bir adam bulamadıysanız karısı ölmüş bir adama bakının, o zavallı bir kader kurbanıdır. Boşanmışsa eğer bir durumu vardır mutlaka."

Ve o pürüzün başka **bir kadın** olduğunu öğrendik. Uzamış, bitmeyen, hırçınlaşmış bir ilişki... "Ben olsam o kadının yerinde bir dakika durmam," dedi diğer bekâr arkadaşımız. "Büyük konuşma," dedik. "Öbür kadın olmadan bilemezsin." Bir durgunluk çöktü masaya, sessiz sessiz kahvaltılarımızı bitirdik.

Yeni aşklar sırça biblolara benzer. Kırılmaya, parçalanmaya her an hazır. Arkadaşımın uykusuz gözleri kalbindeki "çıt" sesiyle buğulandı. Güldürmeye çalıştık onu. "Bitmeyecek senin aşkın, seninki başka," dedik.

Hiçbirimiz içimizden geçenlerin en doğrusunu söyleyemedik. Dünyanın genel gerçeklerinden söz etmedik. "Her aşk bitermiş" demedik. "Kadınlar aşkta daha cesur", "Bakalım o da öyle mi?" diye sormadık. "Bir gün bıraktıklarına geri dönerse ya da seni aynı şiddetle sevmekten vazgeçerse, senin için bedeller ödemekten kaçarsa üzülme" diyémedik. Diyemedik...

Kahvelerimizi içerken arkadaşımızın aşk dolu sesi anlatıyordu. "Bakmaya doyamıyorum ona, düşünebiliyor musunuz, adam kocaman şirketi ihmal ediyor sadece benim için. Saatlerce konuşuyoruz. Meğer anlatacak ne çok şey varmış. Çok seviyorum, çok..."

Bu yazıyı yazarken tam bu satıra geldiğimde uzun uzun düşündüm. Aşk ne zaman eskimeye başlıyor? Yapılacak işler, televizyon ve telefonlar ne zaman bir aşktan daha önemli hâle geliyor? Gerçekten ne zaman?..

## Bir Düğün Gecesi

İnsan neden ağlar düğünlerde? Doğumlarda? Beklediği biri ansızın çıkageldiğinde? Bir başarının haberiyle sevindiğinde?

Neden boğaz ile ciğer arasındaki o yolda tıkanmalar olur?

Gülmek isterken neden tuhaf, buruşuk bir ifade alır insanın yüzü?

Düğünlerde garip bir hüzün.

Gelinlerde ise saklı bir burukluk vardır sanki...

İnsan damadın yüzünde güven duyacağı bir gülümseme arar o anda.

Gelinler sanki en çok o dakikada korunmasız olurlar...

Dün gece bir arkadaşımı daha evlendirdik.

Şahidi bendim.

Ömrünün pek çok anının, acısının, sevincinin, kederinin şahidi olduğum gibi.

***

Erkekler biz kadınların tek amacının evlenmek olduğunu zannederler çoğu zaman... Bu yüzden anlayamazlar düğünlerde neden ağladığımızı...

Aslında pek azımız döküyor gözyaşlarını anneannelerimizi aratmayacak bir şekilde. Hele bizim kızlar topluluğu için hiç fark etmiyor; biz bir araya geldik mi ağlayacak bir konu bulamazsak, birbirimize bakıp ağlıyoruz.

Perrin'in henüz kaybettiği babasına, Aygün'ün kızının nasıl da çabucak büyüdüğüne, Birsen'in ne kadar güzel bir gelin olduğuna...

***

"Âşık olduğumuz zaman hangimiz adımızın arkasına âşık olduğumuz adamın soyadını koymadık ki?" diye sormuştu bir kez bir arkadaşım. Hepimiz itiraf etmiştik "Yaaa.. Evet evet, yaptık galiba" diye.

İyi bir evlilik yapmak önemliydi taa dört yaşımızdan beri. O adamı araya araya geçiyordu zaman...

Var olma sebebimiz bu muydu peki?

İyi bir evlilik yapmak mı?

Ya hayallerimiz? Ya olmak istediklerimiz? Ya olmak istemediklerimiz? Ya korkularımız?

***

"Siz," dedi nikâh memuru, "siz İclal Aydın, çiftimizi duydunuz. Şahit misiniz?"

Birkaç dakika sürdü hepsi ama ben birlikte geçirdiğimiz koca bir zamanı başa sardım o anda. Hani Çalıkuşu'nda bir bölüm vardır, anımsar mısınız?

Yaşlı binbaşı ile evlenmeye giderken günlüğüne son kez yazar Feride: "Ben bu geceye kadar hep bir parça senindim Kâmran" diye...

***

Düğünlerine kadar kader arkadaşlarımız sanki bir parça bizimdi. O parçayı vermek gibi geliyordu bize o düğünlerde olmak: "Al bakalım damat bey, sana anılarla bir güzel inşa edilmiş sağlam bir bina teslim ediyorum. Bahçesinde en nadide çiçekler. Belki hiç bilmeyeceğin sırları olacak o bahçenin ama sen yine de gözün gibi bak. Zorla açmaya kalkma kilitli duran hiçbir kapıyı. Kendiliğinden sana açılacaktır o kapılar. Toz tutmasına izin verme pencerelerinin. Duvarlarını örümcek ağları kaplamasın. İşin zor kısmı sana düşüyor. Yani sen koruyacaksın bu binayı güneşten ve yağmurdan ve örümcek tutacak her türlü karanlıktan... Yüzünde gülümseme var ya, işte o hiç eksik olmasın. O gülümsemen güven veriyor şimdi bana. Al, bir parçamı veriyorum sana..."

***

Türk filminin bütün Feride'leri, Nalan'ları, Hicran'ları aslında o anda oradaydı. Hep birlikte yanıt verdik nikâh memuruna:

"Evet, şahit oluyoruz bu olaya."

Alkışladılar, imzalar atıldı. Öpüştüler...

Onlar dans etti, biz ağlaştık.

## *Evlenmek Üzere Olan Genç Bir Hanıma*

1) Bu sabah; tüm çocukluğun boyunca tepene yerleştirdiğin salon tüllerinin yerine sahicisini takmana birkaç gün kaldığından, karnın, ağrıyarak uyandın büyük ihtimalle ve yine büyük ihtimalle sana evlenme teklif edildiğinde hayal ettiklerinle şu anda yaşadıkların birbirine hiç benzemiyor... Kendini çok yalnız, çok yorgun, çok sinirli hissediyorsun. Yemek yiyemiyorsun zaten. Birkaç kilo da verdin son bir haftada, değil mi?..

2) Bütün yaşamın değişiyor... Çocukluğun, ilkgençlik yılların, okul, iş hayatı derken işte sana da geldi sıra. Allah biliyor, ota suya ağlıyorsun bugünlerde. Herkeste bir duyarsızlık, bir anlayışsızlık... Her şeye yetişme telaşı seni öldürecek ve sanki kimsenin umrunda değilsin. Şeytan bırak kaç diyor ama... Sakın ha!

3) Dünya üzerinde hiçbir mutsuzluğun tek kişilik olmadığını unutmamalısın. Yani, yaşadığın sorun her ne ise, sana özel indirilmemiştir yeryüzüne. Emin ol, sihirli bir pencereň olsa ve oradan baktığında sınırsız görebilme şansın olsa ne kadar çok insanın seninle aynı duyguyu yaşadığını fark ederdin hayretle...

4) Artık her şey başka olacak... Biliyorum, en çok bu cümle ürkütüyor seni. Ama en sihirli olanı da bu aslında. Çocukluğundan beri yaşadığın bütün maceraları düşünsene. Hepsinin sonunda artık başka olmamış mıydı hayat?..

5) İş değiştirmek, şehir değiştirmek, ev değiştirmek, bütün bunlar başlı başına çok özel durumlardır. İnsanların böyle köklü

değişimler sırasında sıkıntılar yaşamaları, endişelenmeleri, kararları konusunda tedirgin olmaları o kadar anlaşılır bir hâl ki...

6) Çevrende rastladığın mutsuz evliliklerin sayıca çokluğu en çok bugünlerde demoralize eder seni. İyi ve güzel giden şeylere daha kuşkuyla bakmaya başlarsın. Oysa evlenme kararı aldığınızda en uzun beraberliğin sizinki olacağına inancın sonsuzdu. Meraklanma; en uzun ve en güzel evlilik kesinlikle seninki olacak...

7) Çok normal ve aslında senin de pek elinde olmayan bir dönem yaşıyorsun. Nikâh masasına oturduğunda çevrendeki her resim hafızana kaydedilecek ve sen iki gün sonra kendine inanamayacaksın...

8) Ne yazık ki aşk bitimli bir duygu... Kimi zaman tekrar harlandığı olsa da yerini birlikte yürünen bir yolda arkadaş olmaya, iyi bir takım kurmaya, bir ömrün tohumunu beraber atıp hasadını beraber toplamaya bırakıyor... Birlikte bir şey yapmanın, beraberce bir şeye inanmanın tadını alıyorsun...

9) Sakın sevgini sıklıkla sınamaya kalkma... Günlük, küçük şeylerle sana derin acılar verecek yaralar almana sebep olma ve sen de yaralama... Beklentiler büyüdükçe risk de büyüyor. Ne olur; sana yapılmayanları, sana söylenmeyenleri değil sana yapılanları ve sana söylenenleri say ve sakla daima!

10) Unutma; her evlilik başkadır, her kadın başka, her ev başka... Sen kendi tecrübelerini yazacaksın... Kimseye kulak asma. O evliliğin başı ağrırsa eğer, sakın komşunun önerdiği ilaçları alma... Herkes kendi tecrübesiyle yol alır..

11) Sana kâğıt bebekler yapardım ve içimde hâlâ sızıdır, flüt çalmandan bıktığım için bir gün canını yakmıştım. Sen benim resimlerimi karaladın, ben seni odalara kapattım ama birbirimizi sevmekten hiç vazgeçmedik onca yıldır... Birlikte büyüdük sessiz sedasız... Güle güle bebeğim... Sen kardeşimden çok, kızımdın...

## *Yalanlar Söyle Bana*

Epey olmuş, not etmişim bir yana... Yıllar önceden kalma bir konuşma. Ne kaldıysa aklımda yazmışım. Diyor ki notlarım:

Aslında bir "yalan" avutacaktı onu. Gerçek umurunda değildi. Kalbinin beklediği tek şey biraz avutulmaktı işte. Sevdiği, onu sevmiyorsa bile seviyorum desin istiyordu. Adam belli ki hiçbir zaman istediği gibi sevmeyecekti onu. Ansızın çalmayacaktı kapısı mesela. Bir sabah çalıştığı masaya bir buket çiçek bırakılmayacaktı. "Bu şarkıyı anımsıyor musun?" diye sormayacaktı telefonun diğer ucundan. Birlikte bir yemek pişirilmeyecekti asla ve domatesler doğranırken haberlere birlikte kederlenilmeyecekti. Şefkatle okşanmayacaktı ateşlenmiş alınlar.

**Aşk için ertelenmeyecekti hiçbir iş... Ve... Terk edilmeyecekti hiçbir "alışkanlık"...**

Sıradışı olmayacaktı bu ilişki. Bütün bunları biliyordu ama birisi ona tersini söylesin istiyordu. Biri ona "özel" olduğunu, her şeyin düzeleceğini, bütün bunların geçici olduğunu söylesin istiyordu.

Sevilmemekten eskimiş kalbi bir yalanla tadilata girsin istiyordu. Razıydı, yeter ki biri kandırsaydı onu. İyi bir şey söylesin birileri, desin ki mesela "Aslında seviyor seni. Ama gösteremiyor sevgisini. Belli edemiyor işte. Öğrenmemiş, nasıl sevilir bir insan. Hepsi böyle biliyorsun. Ama ben anladım, çok seviyor seni. Sen görmedin dün, arkan dönüktü ama öyle güzel baktı ki sana...

Suskunluğu içine kapanıklığından, sevgisizliğinden değil inan bana."

Böyle desin istiyor birileri.

Kandırıyorum onu.

Duymak istediklerini söylüyorum.

Bir parça teselli bulsa da, o aslında sevdiğinin yalanlarını istiyor...

Eski notlarımı okurken bunu bir yana ayırıyorum. Düşünüyorum da, gittikçe büyüyor kandırılma isteğimiz galiba...

Gerçek, olduğundan daha ağır geliyor çünkü artık. Daha dayanılmaz, daha kaldırılmaz oldu... İç karartan, umutsuzluğa alıştıran, bezdiren, hani olmasa daha iyi olur bir hâle geldi. İşte bu yüzden artık kimin umurundaki gerçek?

Kimin umurunda yani dayanılmaz sesli bir adamın bir ses yarışmasında ön sıralara çıkması? Kimin umurunda, ciğeri var mı yok mu bilinmez insanların köşe başlarında yol tutması? Kimin umurunda gözümüze baka baka var olanı yok diye gösterenler? Kimin umurunda her akşam yok olanı varmış gibi anlatanlar?

Geçtiğimiz günlerde Pakize Suda "Genç kızlar kandırılmak istiyor" diye yazdı. Nicedir aklımdaydı aşk ve yalan yazmak. Tam da üstüne geldi Pako'nun yazısı.

Üstelik sadece genç kızlar değil kandırılmak isteyenler...

Sıraya girdik hepimiz... "Dertli gönlümüze bir yalan daha söyleyiniz, ömrümüz mutlulukla nihayet bulsun" diye beklemekteyiz. Bal gibi farkındayız oysa. Yazının başında anlatılan sevdalı gibi... Olmayacak bir iş ama birisi "olur" desin diye bekliyoruz... Bir yalanla avunacak kalbimiz...

## *Her Şey Biter*

Ben...

Hep çok sevdim Türk filmlerini. İsteyen istediği kadar dalga geçsin. "Onca kırgınlıktan sonra şimdi çok mesudum..." cümlesini...

Anımsıyor musunuz, en sevdiğimiz çizgi filmler en sevdiğimiz yerinde biterdi. O zamanlar çok zor bulunan Avrupa kokular ne kıymetliydi annelerimiz için. Bitmesin diye sakına sakına kullanırlardı. Şişeleri saklanırdı dolaplarda, çamaşırlara kokusu sinsin diye. Çilekli bir pasta anımsıyorum. Bitmesin diye çatalın ucuyla yediğim... Sonra yerli muzlar vardı; küçücük, pahalı ve turfanda. Tatil bitmesin isterdik, **yaz bitmesin...** Bitmesini istemediğim şarkılar vardı. Bitmesini istemediğim kitaplar, bitmesin istediğim aşklar vardı ne yazık ki çabucak biten. "Hayır"dan sonra öğrendiğimiz ilk olumsuz kelime "bitti" miydi acaba?... "Bitti"... Beş harfli bu kelimenin rengi bordoya yakın bir kırmızı galiba.

***

Hiç bitmeyecek sandığımız acılar da bitiyor zamanla...

İzmir'e gidiyordum yıllar önce. Arabalı vapurla karşı kıyıya geçerken kalbimdeki acının bitip bitmeyeceğini düşünüyordum. Hiç bitmeyecek gibi gelmişti o anda. Nasıl yaşarım bu kederle demiştim kendi kendime. İzmir'den İstanbul'a gelirken arabanın içini nergis çiçekleriyle doldurmuştum. Çiçeklere bakıp bakıp başka bir anının içinde kayboluyordum. Öteki kadına yenilmenin kederi hiçbir şeye benzemiyor sanıyordum.

Çok sevdiğim bir filmin bir sahnesi geliyordu gözümün önüne.

İki kadın ve bir erkek...

Üçü de çok ünlü birer sinema oyuncusu. Birlikte rol aldıkları bir filmin gala gecesinde başlıyor film. Alkışlar arasında gelip salondaki yerlerini alıyorlar. Perdede kendilerini izlemeye başlıyorlar. Erkek smokinli, kadınlar şık askılı tuvaletler giymişler. Az sonra kadınların ikisi de salonun soğuğunda üşüyorlar. Erkek hiç tereddütsüz ceketini çıkarıyor. İki kadın da hafifçe doğruluyorlar ceketi almak için. Gözünü perdeden ayırmadan yeni sevgiliye veriyor erkek ceketini. Diğeri kalakalıyor. Gözü perdede, eli havada... O anda artık **eski sevgili** olduğunu anlıyor kadın. Dudaklarını ısırırken; gözbebeğinde kanayan kalbini görüyorsunuz adeta. Derken film geriye dönüyor ve kadının o geceye dek yaşadıklarını izlemeye başlıyorsunuz...

Adamı ne çok sevdiğini, adama ne çok ağladığını, adamı ne çok affettiğini, adama ne çok yeniden başladığını, adamdan ne çok nefret ettiğini, adamdan ne çok bıktığını, adamdan ne çok parça taşıdığını, adama aslında ne çok kırgın olduğunu görüyorsunuz.

O kadını ne kadar çok anlamıştım. Bazen bir an ya da bir şarkının tam on ikiden vurduğu olur değil mi sizi de? On ikiden vurmuştu film beni. Aradan yıllar geçti. Aynı yolu bir kez daha geçerken o kederli yolculuğu anımsadım. Vapurun önüne oturmuş denize bakıyor, rüzgâra bıraktığım saçlarıma hiç karışmıyordum. Zaman nasıl da alıp götürüyordu, kendi rüzgârında yaşanan her şeyi. Savrula savrula yaşarken alışıyorduk başımıza gelenlere, yenilginin acısı bile bitiyormuş. Gün geldi tersini yaşadım. Yaşadım ve gördüm, o bile bitiyor. Her şey bitiyor...

Zaferler, sevinçler, kederler, kıskançlıklar ve ne yazık ki aşklar... Bitiyor, yorumlanıyor, isimleniyor, dosyalanıyor ve bir yana kaldırılıyor... Eğer unutulmuyorsa "emanete" veriliyor...

Hepimizin bir dostta, bir sırdaşta, bir emanetçide bitmiş bir aşkı duruyor. Emanetçi sizin aşkınızın bitmemesini diliyor.

# *Adam*

Üç arkadaş oturuyoruz ağaç altında. Önümüzde çay bardakları. Hava sıcak. Uzaktan evlerin arasından Boğaz'ın suları görünüyor. İki de yelkenli var.

"Peynir güzelmiş," diyor uzun saçlı arkadaşım. Sonra bir daha susuyoruz. Canı acımakta üçüncümüzün. Anlatmıyor derdini ama biliyoruz susmasından. "Geçer," demekten başka yolu da yok zaten. Biz de bu yüzden susuyoruz işte.

"Kahve içelim o zaman, orta şekerli," diyorum. "Olur, tamam," diye yanıt veriyorlar. Üç beyaz kelebek uçuyor. Önümüzdeki lavanta çiçeklerine konuyorlar. Üçüncümüz her şeye ağlamaklı bu ara. Ama biz öyle değilmiş gibi yapıyoruz. "Çok şükür," diyorum anneannem gibi durup dururken. Uzun saçlı arkadaşımı gülme tutuyor. Oysa güldürmek için söylememiştim.

Kahvelerin yanında terlemiş bardaklarda buz gibi su var. Her şey üç tane şu anda. Üç fincan, üç bardak, üç kelebek, üç arkadaş... Bir şey yapmalıyım, kafalarını dağıtmalıyım. Tam ben düşünürken uzun saçlımız okuduğu bir söyleşiden söz ediyor. Adamın biri eski sevgilisini anlatmış durup dururken. "Salak," diyor üçüncümüz ve en ağlamaklımız. "Yoo salak değil," diyorum, "kötü erkek!"

Uzun saçlımız gene gülüyor. "Kötü kadın gibi mi?" diye soruyor. "Hah evet, aynen öyle bir tonlama işte!" diyorum. "Erkekler anlatır kızım, hepsi aynı," diyor ağlamaklı olanımız.

Gene susuyoruz. "Valla aslında öyle olmadığı durumlar da

vardır ama bilemeyiz ki, çok karşılaşıyoruz böyle şeylerle. Kadınlara dedikoducu diyorlar ama erkekler de galiba fena değiller bu konuda," diyerek kahvesini bitiriyor ötekimiz. "Abi niye anlatır erkekler birlikte oldukları kadınları?" diye soruyor ağlamaklı ağlamaklı. Uzun saçlı arkadaşımız kahve fincanını çevirip, fal kapatarak; "Şarj olmak için. Deşarj var ya hani, çok eğlenip bağırıp çağırıp boşalıyorsun. Bunlarda bir süre sonra bu boşalma için güç gerekiyor tabii. Eskiyi anlatıp, anımsayıp şarj oluyorlar. Cep telefonu gibi yani aynı," diyor. Bu sefer beni bir gülme alıyor. Gülerken "Yapmayalım arkadaşlar, iyi adamlar da var yahu. Hepsi de böyle değil ya," diyorum. Hak veriyorlar. "Dedem iyi bir adamdı mesela" diyor uzun saçlı. "Abim de süperdir. Dedeme benzer zaten. Sonra sevdiğim yazarlar var..."

Birden bizim ağlak, gözlerini pörtleterek "Yazarları geç bi kalem," diyor. "Adı üstünde yazarlar." Biraz bozuluyorum tabii bu duruma ama üzerine gitmiyorum. Teoride dünyayı kurtarırken pratikte fare deliğine kaçanları çok gördüğümüzden, eh yalan da sayılmaz pek... Ama yine de bir şey var ki... İkisinin de bilmesi lazım.

"Volkan Konak'ın bir şiiri vardı, anımsar mısınız?" diye soruyorum. Bilemiyorlar.

"Uzun bir mektuptur, takma adla annesine yazdığı. Her dinlediğimde içimde iyi bir şeylere inancımın arttığı. Der ki o şiirin bir yerinde:

*Beş yaşında âşık oldum, lisede ise öğretmenime.*
*Ablamın ve senin müdahalene rağmen.*
*Velhasıl çok sevdim kadınları anacığım,*
***Aldattıklarım da oldu, aldatıldığım da.***
***Ama asla konuşmadım arkalarından.***
*Sana lacivert gözlü bir torun vermedim ya,*
*Ben yine hayırsız oğlunum senin.*
*Kimsenin önünde eğilmedi bu asi başım.*

*Bize ilkokulda öğretti öğretmenlerimiz*
*Celal Bahçekapılı, Nuri Gazioğlu ve Orhan Yavuz.*
*İleriyi görmek için başımızı hep dik tutmayı onlardan öğrendik.*
*Bu yüzden anacığım, işte bu yüzden,*
*güneşin bile üzerine yürüdüm,*
*gölgemi geçmek için."*

İkisi de dinledi hiç konuşmadan. Kelebekler uçtu bir daha. Ağlamaklı olanımız "İyi adamların şerefine bir çay içelim mi?" dedi. İçtik...

## *Gitmek Zamanı*

Gitme vakti gelmişti artık. Oysa gitmeye gücü yoktu. O kapı öyle kolay çekilemiyordu. Geride bırakılacak olanın yükü gitmekten ağırdı. Ama gitmek lazımdı... Gitmeliydi artık. Artık...

"Sevgi mi şimdi bu?" diye soruyordu arkadaşım. Birbirlerini çok özleyerek ve bir türlü kavuşamayarak geçirdikleri üç yılın sonunda nihayet birlikte oturmaya başlamışlar ve her türlü şeyle baş ettik biz derken sıradanlık ele geçirmişti ilişkilerini. Artık aynı takımda değildiler. Aynı evin içinde iki ayrı takım kuruldu sanki. İkisi de yorgundular. İncinme sırası ikisine de aynı anda gelmişti. Birbirlerini dinlemeye vakitleri yoktu artık. Zaman hızla akıp gidiyordu ve dehşet içinde her ikisi de yaşlanmaya başladıklarını düşünüyorlardı. Biriktirmeye başladılar. Nefretlerini, kızgınlıklarını ve küçük şeyleri...

"Olmuyor böyle," dedi ikisi birden. "Ayrılalım." Ama kim başlatacak? Bavulları ilk kim toplayacaktı? Kimse... İkisinin de gücü yoktu. Ne terk etmeye ne terk edilmeye...

"Erkekler ayrılıkta da cesur değiller. Aşkta cesur olmadıkları gibi. O ayrılık için gerekli her türlü şeyi yapıyor, "bitti" sözcüğünü karşı taraftan bekliyorlar hep. O zaman vicdanları rahat başlıyorlar ya da devam ediyorlar yeni hayata. Ama mutlaka karşı tarafı pes ettiriyorlar," dedi.

Bir süre önce yazdığım bir yazıyı düşündüm. "Artık seni sevmiyorum" başlıklı yazımın ikincisinde, "Gidene sormuyor kimse neden gittin diye?" yazmıştım. Soruyu soran, gidenin ta kendisiydi ve ilişkinin erkek tarafıydı.

"Ben gidiyorum," demişti. Bana o soruyu sorduğu günden beri kendi gidişlerim de dahil olmak üzere şahit olduğum tüm gidişleri düşünüyorum. Her birine bir neden buluyorum.

O gidişlerdeki uzatmaları, karşı taraf üzülmesin diye her defasında vazgeçişleri, yapmaktan bıkılmış şeyleri bir kez daha yapmanın acıtan sıkıntısı, tutulan ellerin arasında geçen rüzgârları, birlikte televizyon seyrederken aslında bambaşka bir yerde olmayı ve gidilemediği için karşı tarafa duyulan nefreti büyütmeyi... Anımsıyor musunuz bu saydıklarımı?

"Bunları yaşayacaksınız artık," dedim. "Yol yakınken bitir istersen."

"Yol yakınken mi?... Yolun tam ortasındayım ben," dedi.

Yıllar önceden minicik bir kız çocuğu anımsıyorum. Durmadan kavga eden anne-babasına yazdığı mektubu. "Her kavgadan sonra benim yüzümden ayrılmadığınızı söylüyorsunuz. Beraber olmanızı ben istemedim ki... Siz beni çağırdınız ben öyle geldim. Gitmek istiyorsanız gidin. Ayrılın kurtulun. Ama ben size hiçbir şey yapmadım ki..."

Anne babanın bu mektubu okuduktan sonra birbirlerine sarılıp ağlayışı gözümün önüne geliyor. O ilişkideki başarısızlığa bir suçlu aranıyordu ama aradıkları o suçlu çocukları değildi elbette... Onlar için bile yolun yarısı değildi daha... Yol yakındı ve döndüler...

Her ayrılık mutlak bir sonbahar değildir. Kim bilir, belki de kapıyı çekip giden daha iyi bir hayat bırakmıştır size. Kim bilir belki de o kapının ardında daha uzun ve daha çiçekli bir yol vardır. Dayanılan onca şeyin ardından bir hediye gelecektir. Belli mi olur?

Bu sabah bu yazıyı okurken "yeniden başlamaya" cesaretiniz geliyorsa aklınıza... Hiç durmayın yol yakınken...

Başlayın.

# *Artık Seni Sevmiyorum-1*

Uzun zamandır görüşmüyorduk. Aradım. Mutsuzluktan kalınlaşmış bir sesle açtı telefonu. Her zamanki hâli, her zamanki sesidir diye düşündüm. Geç kalkmıştır, gece çok gülmüşlerdir filan... "Bir kayboluyorsunuz ortalıktan, bir daha bulabilene aşk olsun!" dedim. Güldü yine şen şakrak. "Hadi bu akşam gelin, susamlı simit yaparım, gevrek, mozaik pasta yaparım, sonra patatesli börek yaparım. Seversin sen. Hem düğün resimleriyle geçen geldiğinizde çektiğimiz fotoğraflar da çıktı. Size de yaptırdım. Bahanesi olur..." dediğimde sustu biraz. "Ben o fotoğraflara bakamam artık," dedi. "Biz ayrıldık."

"Saçmalama... Ne zaman yahu?" derken asıl saçmalayanın ben olduğumu fark ettim. Ne zaman olduğu önemli miydi yani... "Artık seni sevmiyorum dedi ve gitti. Daha doğrusu, eskisi gibi değildi hiçbir şey. Son zamanlarda bir gerginlik, bir tuhaflık vardı hep. Oturup konuşalım dedim. Oturduk ve ilk söylediği şey bu oldu. Artık seni sevmiyorum. Tamam o zaman dedim ben de. Konuşacak bir şey kalmamış sevgi bittiğine göre... İşin acı tarafı, tüm zor günler bitti, her şey yoluna girdi, askerliği bitti, artık bir işi var derken bu kararı açıklaması. Ne garip, hayatı düzene girdi ve bana sevgisi bitti. Bitmiş... Ne yapabilirim ki?.."

Birlikte göğüsledikleri günler geldi aklıma. Aşklarının başladığı günler, askere yolcu ediş, sabırla beklemeler, mektuplar, izinler, iş aramalar, krize karşı mücadeleler... Onlara vermek üzere yaptırdığım fotoğraflara baktım. Nasıl da şık ve sevimliler nikâhta. Sonra "güle güle oturun"a geldikleri gece girdikleri gülme krizini belgelemek amacı ile çektiğim fotoğraflar. Birbirlerinin omzunda ağlar gibiler... Ne garip, kim bilir şahidi olduğum kaçıncı ayrılık bu. Hüzünlü bir anı olan kaçıncı fotoğraf, yırtmaya kıyamadığım ve bir kutuda saklayacağım. Gidene üzülmüyor insan nedense ayrılıklarda. Kalana daha acı sanki her şey. Kim bilir, gidenin de kendince haklı bir nedeni vardır.

Aslında kalanın da gidenin de değil burada üzüldüğüm. "Sevgi emektir" demişti ya Türkan Şoray 'Selvi Boylum Al Yazmalım'da. En sevdiğiniz filmlerde, en sevdiğimiz romanlarda hep böyle ezberledik, "Sevgi emektir, sabırdır, ince ince işlemektir, güzel günleri hazırlamaktır" diye. Emekçi olanın hüznü aslında şu anda beni üzen. Bunca yılın ardından 'Sevgi neydi?' sorusunu bir kez daha soran. Eğer O'nu tanıyorsam kalbini tütsüyle pişirmektedir şimdi. Bir süre sonra ince ince kıyabilmek için.

"Atla gel, dertleşelim biraz," dedim. "Biraz geçsin, daha her şey çok yeni," dedi. Kapadık telefonu. Annemle fotoğraf albümlerine baktığımız akşam geldi aklıma. Bir süre önce kaybettiği yakın bir arkadaşının onlarca fotoğrafını koymuş albüme. "Çok mu özlüyorsun?" diye sordum anneme. "Hem de çok," dedi. "Dostluğumuzda çok emeği vardı, çok sabrı, çok sevgisi vardı, benim bütün emeklerim helal olsun O'na. Yokluğu bildiğin gibi değil." Beraber uzun uzun baktık resimlere. Bir dostluğu, bir beraberliği şekillendirirken ne çok şey yaşanıyordu. Ne çok şey birikiyordu. Neden insan bütün hesaplaşmaları her şey bittikten sonra yapıyordu?

Galiba "Artık seni sevmiyorum"a gelmeden gözden geçirmeli bir şeyleri. Ya yol yakınken dönmeli, ya da yol yakınken bir daha denemeli.

# Artık Seni Sevmiyorum-2

Cumartesi günü "kim bilir kaçıncı ayrılık bu şahidi olduğum" demiştim ve bir kalan giden hikâyesi anlatmıştım. Akşam oturmasına davet ettiğim arkadaşıma, sevdiklerimizle beraber çektirdiğimiz fotoğrafları çoğalttırdığımı söylediğimde, "Ben artık bakamam o fotoğraflara, biz ayrıldık," demişti. Nedenini sorduğumda, "Zaten bir şeyler yolunda değildi, konuşmak istedim, ilk sözü seni artık sevmiyorum oldu. İyi dedim ben de, konuşulacak bir şey kalmamış demek ki... Tam da tüm zorlukları alt ettik, her şey yolunda, bir işi var derken bitti işte," dedi.

Yaşamın garip tesadüflerle kurguladığı bir gündü geride bıraktığımız cumartesi... Sözünü ettiğim ayrılığı ben öğreneli birkaç hafta olmuştu, ama neden bilmem bu cumartesi yazasım tuttu. Diyordum ki o yazıda:

*"Sevgi emektir" demişti. Türkan Şoray, Selvi Boylum Al Yazmalım adlı filminde. Bunca çabanın ardından, beraber göğüslenmiş o kadar sıkıntının ardından gün geliyordu ve kişilerden biri, "Seni artık sevmiyorum" diyebiliyordu.*

Yazının yayımlandığı gün, önce **'kalan'** aradı. "Vaktin var mı?" dedi. "Tabii," dedim. "İlişkimiz başlamadan çok önce daha iş arkadaşıyken bir gün annesine ziyarete gitmiştik arkadaşlarla. Annesi sandığından yazmalar çıkarmıştı. Biri kırmızı, biri siyah. Bize hediye etmek istediğini söyledi. Ben tam siyahı alacaktım ki, 'Ama senin kırmızıyı beğeneceğini söylemişti,' dedi. Eh durum böyle olunca kırmızıyı ben aldım. İlişkimiz başladıktan sonra aklıma geldi bir gün. Sen beni o zamanlar doğru dürüst tanımazdın, nereden geldi aklına benim kırmızı yazmayı beğeneceğim diye sordum. 'Sen beğenirsin diye değil, sana bir gün Selvi Boylum Al Yazmalım demek için istedim kırmızıyı senin alınanı,' dedi. Ben sana bu hikâyeyi anlatmamıştım. Cumartesi sabahı beni aradı, konuşalım biraz diye. Ben kırmızı yazmayı ve bir iki küçük kalanı toparladım. Ona geri vermek için. Evden çıktım. Telefonum çaldı. Bir arkadaşımdı arayan, İclal'i oku dedi. Motora binmeden büfeden gazete aldım. Sayfayı açtım ve... Son kez buluşmaya ve bende kalan, elimi yakanları iade etmeye giderken bizden söz ediyordun. Selvi Boylum Al Yazmalım'dan, emekten, sevgiden... Motorda başladım ağlamaya. Beraber okuduk ayrılığımızı yazdığın yazıyı."

Geride kalanın kalbi acıyordu hâlâ ve bana bunları anlattı. Akşama doğru ise **'giden'** aradı. Sesi biraz ürkek miydi, tedirgin miydi ne? "Ne garip değil mi böyle bir nedenle konuşuyor olmak. Yazını okudum bugün ve mutlu oldum. Neden biliyor musun? Ben askerden döndüğümde bizi el ele görünce 'Siz hâlâ ayrılmadınız mı?' demiştin. "Sana çok kızmıştım o zaman. Oysa bugünkü yazın o günün tam tersi," dedi. "Beni yanlış anlamışsın demek ki..." diye yanıt verdim. "Her şeyin inanılmaz bir hızla eskidiği ve tükendiği bir zamanda, bizim camiamızda rastlanmayacak bir sadakatle, sabırla ilişkinizi sürdürmenize duyduğum hayret ve gıptaydı o cümle. Bugünkü üzüntümün nedeni işte taa o günden kalma." Güldü. "Bana kızgın mısın peki?" dedi. "Kızgınlık mı bilmiyorum ama sen de takdir edersin ki bizim için kötü bir sürpriz oldu. Zamanlaman ve geride bıraktığının üzüntüsü pek de kolay alt edilebilinecek şeyler değil" dediğimde, "Kimse gidene neden gittin diye sormuyor" dedi. Gerçi sen, kim bilir gidenin de kendince bir haklı nedeni vardır belki de demişsin ama..."

Evet gitmek mi zor kalmak mı zor? Her ikisi de ayrı ayrı kederler yaşıyorlar kuşkusuz. Biz kenardakilere paylaşmak, bazen efkârı köpürtmek, alevi söndürmek kalıyor.

O kadar çok ayrılık var ki daha kapıda... "Evlerden ırak" derlerdi komşu teyzeler. Her gidenin bir nedeni, her kalanın bir sancısı varsa... Uzun ömürlü sevgiler, iyi günde kötü günde, hastalıkta ve sağlıkta, bir yastıkta kocamıyorsa... Yani sevgilerin boyu bir türlü uzamıyorsa... Birlikte toparlanan birikmişler sonra dağılıyorsa... Ben ayrılıklara alışkınım sanıyordum. Sabır ve emeğin her şeyin her şeyin, üstesinden geleceğine inanıyordum... Çocuğuma öğreteceklerimi gözden mi geçirmeliyim yoksa?

## *Kim Sever Veda Etmeyi?*

Kim sever havalimanlarını, garları, hele ki terminalleri; kavuşturmuyorsa sevdikleriyle gideni ya da döneni?... İstemem şimdi; kimse yolcu etmesin, el sallamasın kimse arkamdan. Az sonra dönecekmiş gibi çıkmalıyım o kapıdan. Her şeye kaldığımız yerden devam edecekmişiz gibi... Ayrılığın güzeli var mı? Severken ayrılmanın yarası hep kanamaz mı? Nereye koyar insan onca birikeni? Bir evden taşınmak, bir şehri terk etmek, bir aşktan kalanı silebilmek...

Koca mavi gözlerinden fındık gibi dökülüyordu gözyaşları. Ne çok ağladı, ne çok... "Üzülme" dendi ona; hiçbir acıya asla teselli olmayan o sıradan, o bayağı, o sevimsiz kelimeyle... "Nasılsa dönecek. Zaman bu, su gibi akıp gidecek. Bir bakacaksın, çabucak gelmiş," dendi...

Oysa ağlaması gidişine değildi sevdiğinin, o gitse bile sevmek bitmeyecekti ki... "Hiçbir şey eskisi gibi olmayacak," biliyor ve aslında o dakikadan sonra eskiden sayılacak, birlikte geçirilmiş her güzel şeye ağlıyordu.

Uçaklar alıp gider, trenler alıp gider, otobüsler alıp gider insanın sevdiklerini ve geri getirirler bir sabah...

O sabaha dek, birlikte dokunulmuş her bardağa, her kapı koluna, her aynaya baktığında hasretten başka bir şey görmez geride kalanın gözü... Uzun sabahlar, uzun öğle sonraları ve uzun akşamlar birikirler... Anlatılacak küçük, sıradan şeyler zaman içinde unutulurlar. Gün gelip de vaktiyle yolcu edilen döndüğünde artık bir anlamı kalmaz hiçbirinin. Büyük harfle yazılacak o cümleyi kurma vakti gelmiştir çünkü. Giden dönmektedir... Mavi gözlerinden fındık gibi akıyordu gözyaşları. Dönenin sevinci ile beklerken havalimanı kapısında, görür görmez anlamıştı; değişmişti bir şeyler. Biliyordu, biliyordu... Parmaklarının arasındaki sigarayı cam tablada yuvarlıyor, külleri toparlıyordu anlatırken. "Başka biri olmuş artık." Hava sıcak, vakit gece, sokakta mahallenin gençleri sohbet ediyor, komşunun açık penceresinden televizyonun sesi geliyor... İnsan söyleyecek hiçbir şey bulamıyor. Üzülme bile diyemiyor. Bir kaçış cümlesi belki, "Sana bir kahve yapayım mı?"

Kederle bakıyor mavi gözleri. "Oysa iki yıl öyle zor geçmişti ki..."

Teselli yok biliyorum, çok severken ve hatta birlikteyken bitip gidenlerin acısına. Ayrılık değil çünkü kalbe düğüm atan. Ayrılığa bile bir ağrı kesici buluyor da insan, ayrılmadan kopmaya belki uzun uykulara sebep bir şifa gerekiyor... Uyurken unutmaya yarayacak... Her gidiş bitirir mi bir şeyleri? Her giden götürür mü en güzel şeyleri? Yok mudur dönenlerin bulut yükü özlemle döndükleri? Olmaz mı, öyle çok ki... İşte bunu bilmektir belki o mavi gözlerin kederi. "Benimki neden böyle bitti?"

## *Özlediğim Bir Şey Var Bu İşte*

Kaç şehre baktım acaba bir otel odasında?

İzmir'e, Trabzon'a, Düsseldorf'a, Londra'ya...

Kiminin penceresinden karmaşa göründürdü, kiminin penceresinden medeniyet...

**Kiminin penceresindense saadet...**

Bir deniz feneri şahit oldu bazen herkesten sakladığım bir kedere... Direksiyonları sağda olan arabalar, bir park, bir okyanus, fabrika bacaları, cami minareleri, otoyollar, istasyonlar, inşaatlar, bazen de koyu yeşil bir orman sonsuza dek ortağı oldu dudağımdan dökülmeden, kafamdaki nehirde akıp giden sözcüklerin... Size bu satırları kar altındaki İstanbul'da, bir otelin Sarayburnu manzaralı salonunda yazıyorum. Kahvaltı buluşmasının ardından kalkamadım oturduğum koltuktan. Kar altında gördüğüm camileri sayarken, gittiğim her şehirde, kaldığım her otel odasında pencereden baktığımda o şehrin suretini gördüğümü düşündüm...

O camdan bakmak, yüze yüze olmaktı o şehirle... Sırrına ermekti kimi zaman... Uzak bir şehrin, kendinden umulmayacak kadar güneşli bir öğle sonrasında, parke taşlı bir meydanda, güneş gören bir masaya oturmuş, kuşları, kalabalığı, gitar çalanları, çiçek satanları seyrediyordum. Hani biraz da sanki uzaktan, biraz yabancı gözlerle...

Bir otel odasının penceresinden izler gibi...

Bira içiyordu az ötemde bir adam. Güneş vurmuştu elindeki terli bira şişesine. Hiç içmediğim hâlde bira istedim ben de sarışın garsondan... Bir kadın aryalar söylüyordu ellerini çırparak. Pazar yerinden neşeli sesler yükseliyordu ve tarçın kokusu geliyordu o kalabalıktan. Büyük bir kuş topluluğu da gitarcıların etrafına yerleşmiş, bir hareket bekliyordu... Bir darı tanesi, bir adım, bir ses... **Kanatlanıp başka yere konmaya hazır, ürkek, kıpırtılı ve gururlu bir hâlleri vardı sanki...**

Önümdeki salata tabağında maydanoz ve domates kucak kucağaydı ve yanımdaki masada bira içen adamla kadın, aralarında görünmez bir ışıklı çit, susuyorlardı...

Kalkmaya karar verdiler birkaç dakika sonra. Kadın uzun paltosunu giydi ve o sırada adam diz çöktü önünde. Kadının paltosunun düğmelerini kavuşturdu ilikleriyle. Şapkasının altından omzuna dökülen saçlarını düzeltti sonra, şefkatle... Kadın adama kederle baktı, elini tuttu. Bir an daha sustular. Sonra adam arkasına bakmadan gitti... Kadın başını kaldırmadı birkaç dakika parke taşlarından. Şapkasını çıkardı. Saçlarını karıştırdı, pazar yerine doğru yürüdü ve kayboldu kalabalıkta...

Bir film sahnesini izler gibi izlemiştik o anı, orada güneşi ve masaları paylaşanlar... **Şahit olduğum hiçbir ayrılığa benzemiyordu o sessiz ayrılık...** O gün otel odasına gittiğimde pencereden baktım uzun uzun... O diz çöken adam o şehrin neresindeydi? Şapkalı kadın hangi çatı altında susuyordu acaba?...

Yatağımın başucunda portakallı bir çikolata parçası vardı. Damağımda portakal ve çikolata tadı, camdan bakarken o şehrin suretinin ayrılık taşıdığını düşünmüştüm... Bu yüzden yağmuru eksik olmuyordu belki de... Az önce kahvaltı tabağımdaki bir dilim portakala takıldı gözüm. Beni aldı, o uzak şehirdeki film karesine götürdü...

Ağzımda bir portakal tadı, kar altında İstanbul'u izlerken, İstanbul'un suretinde bir şifa saklı olduğunu anladım.. Bir yaraya vesile olsa bile şifası da kendinde bir sır bu şehir..

Bu çatıların altında kim bilir kaç insan bastırıyor kalbindeki özlemi, kaç insan bekliyor bir haberi, kaç insan vazgeçiyor bir hevesten, kaç hayal kırıklığı, kaç ölüm acısı, kaç mutluluk yaşanıyor? Bu şehrin suretinde kaç sürpriz saklanıyor kim bilir?...

# *Erkekler de İncinir mi?*

Erkekler...
Endişe, korku, güvensizlik yaşıyor mu?
"Ya giderse?" diye titriyor mu içleri?
Yollara dalıyor mu gözleri?
İç çekerken çok ağlamış bir çocuk gibi titriyor mu göğüsleri?
Aldırıyorlar mı karşılarındakinin suskunluğuna?
Affediyorlar mı?
Susuyorlar mı?
Bekliyorlar mı?

Yalnızlığa inat inen akşam sonrası, elektrik düğmesine uzanan elleri tanır mı ya da sabretmenin kederini? Konuşamamak canlarını sıkar mı onların da? Sormak isterken soramamak, koşmak isterken koşamamak boğar mı?

Dün sabah birden bunlar geldi aklıma.

Sevdiğim birkaç adam vardır. Akıllarını severim. Kalplerini severim. Dünyaya baktıkları kapıları severim. Kalem tutan ellerini severim. Güzel gülen gözlerini severim. Geçtim karşılarına, her birine sordum bu soruları...

Biri dedi ki: "Ne diyorsun sen, erkek incinmez mi?"

Öbürü "Ahhh!" dedi, "Ah acır elbette kalbi erkeğin."

Diğeri ise "Olur mu hiç? İnsan değildir kalbi incinmeyen."

O zaman neden anlaşamıyoruz peki? Nedir yani bu kadar benzer kederler yaşarken paylaşamadığımız?

Biri "Bilsem..." diye sustu.

Öbürü "Erkekler de yaşıyor ama kadınlar sürdürüyor," dedi.

Diğeri "Birbirimizi tanımıyoruz. Sır haline geliyoruz, getiriyoruz kendimizi. Hem bu ülkede kadın erkek birbirini tanıyalı 150 yıl oldu. İnsanlık tarihini düşünürsek çok kısa bir zaman bu. Biliyor musun kendimi incitcrek sorunları halletmeye çalışıyorum galiba" dedi.

Yani... Aslında... Benim çok sevdiğim bu üç adam da aynı içtenlikle "ah" etse de neden birbirimizden ayrı düştüğümüze üç ayrı yanıt verdiler.

"Neredesin? Kiminlesin? Ne yapıyorsun? Sormasalar şu soruları kadınlar... Erkekler de merak eder evet. Ama bir yaşama biçimi haline getirmezler bunu. Yani kadınlar o kadar çok soruyor ki aynı soruları, bir bağımlılık hâline geliyor bu onlarda. Sonunda erkek nerede olduğunu söylemekten bıkıyor ve durmadan sevildiğini duymak isteyen kadının içtenliğinden şüpheye düşüyor. Kendini saklıyor belki de... Velhasıl akıl sır ermiyor bu işlere. Yorulmuşum ben artık." Böyle dedi içlerinden biri...

Sonra yazımı yazmadan en uzaktakini aradım. "Sen" dedim "Tanıdığım incinme eşiği en yüksek erkeklerden biri gibi durursun... Anlat bana, neden uzaktayız bu kadar?"

Anlattı...

"Kavaklar" şarkısını dinlerken ağlayan bir erkek gördüğümde anladım, bir erkekle aynı ateşte yanıyordu kadın kalplerimiz.

Biz ateşin gücünü ölçerken unuttuk ateşin devamı için uğraşmayı...

"Beni ne kadar seviyor? Taş kalbi hiç mi acımıyor? Kim daha çok özlüyor?..." Suskunluktan, belki de incinmektendi... Belki de incinmekten...

## *Kim Daha Yalnız*

Keanu Reeves... Amerikan sinemasının son kuşağının en yakışıklı adamlarından biri diye düşünüyorum... Kız arkadaş sohbetlerinde filanca şarkıcı, film yıldızı, vesaire için "Ne kadar da hoş, değil mi? diye açılan her muhabbetin sonunda içimizden biri "Ay, biliyor musun o da eşcinselmiş!" diyor...

Ve biz evli barklı, çoluk çocuk sahibi, uzak ülkelerin sıradan hayatlar yaşayan kadınları bu duruma çok üzülüyoruz. Bir ağızdan "Yaaa, hadi canım!" diye hayal kırıklığımızı dile getiriyoruz...

Aslında o dakikada "Ben Evleniyorum" tarzı programları iki gözü iki çeşme izleyen kadınları anlar gibi oluyorum. Nasılsa hiç yaşanmamış ve yaşanamayacak olan masal aşkları televizyon başında ağlayarak tüketiyorlar demek ki...

Keanu Reeves isimli Amerikalı aktörün Matrix yerine "Şeytanın Avukatı" gibi "Aşkta Her Şey Mümkün" gibi filmlerde oynamasının daha iyi olacağına karar verdiğimiz anda içimizden biri onun da bir eşcinsel olduğunu söylüyor...

Pek üzülüyoruz o dakikada.

"Ne oluyor bu erkeklere yahu!" diyor arkadaş grubumuz içindeki hiç evlenmemiş olan arkadaşımız... Sanki Keanu ile evlenme ihtimali varmış da, acı gerçekle karşılaşmış gibi bir ifade var yüzünde...

Sohbetin sonunda evlerimize dönmek için sokağa çıktığımızda yaz sezonu ürünlerinin sergilendiği bir mağaza vitrininin önünden geçiyoruz. Çok güzel kadın elbiselerinin yanında çok hoş erkek takımları da var... Açık renkler, desenli kravatlarla, kontrast renkli gömleklerle kombinlenmiş...

O bekâr arkadaşımla göz göze geliyoruz... "Yahu," diyor, "neden güzel giyinmiş, zarif her erkekten şüphelenmeye başladım bilmiyorum... Sanki diğerleri de tam tersini ispat etmek istercesine, daha da kaba, daha da bakımsız, daha da özensiz oldular..." Öyle bakıyorum suratına. Bilmem ki, şimdi ne desem?.. "Yok be güzelim, nereden çıkarıyorsun!" desem... Böyle durumlarda susmak gerekiyor, bunu anladım sonunda...

Kadın erkek ilişkisi galiba tarihteki en hızlı değişim sürecini yaşıyor. İncelik, zarafet bekleyen kadınlar etraflarındaki erkeklerin sevgilerini gösteriş biçimlerini anlamaya çalışıyor... Kibarlık, incelik ve coşkulu sevmek nedir, anlamlarını bulmaya çalışıyor.

Özellikle büyük şehir kadını bu değişimi biraz daha yoğun yaşıyor galiba... Mesela az önceki satırlarda bahsi geçen arkadaşım... "Değişim meğişim gibi öyle tarifli kelimeler kullanma bana," dedi taksiye binerken. "Değişim değil bunun adı, yalnızlık!"

Akşam olup da kapılar kapandığında, kızımı uyutup televizyonda bir aşk filmine rastladığımda bir daha geldi aklıma arkadaşım...

Yalnızlığında "yalnız" olmadığını söylemek istedim.. Televizyon başındaki benim gibi, onun gibi milyonlarca kadını da düşünerek...

## Yeşil Gözler

13 yaşında evlendirmişler. İlk çocuğunun ne zaman olduğunu hatırlamıyor. Doğan çocukların dokuz tanesi hayatta kalmış. Çocukları büyürken değişen düzen önceleri korkutmuş onu. Ama korkusunu hiç göstermemiş. Kendince korumuş hayatını. Bazen saklamak zorunda kalmış kendi inandıklarını. Bazen susmak gerekmiş.

Toprak çok şey demekmiş. O çok şey yavaş yavaş kayıyormuş ellerinden. "Bunlar benimdir" diyememiş ve seyretmiş olup bitenleri. Kalanlara sıkı sıkı tutunmuş. Yeşil gözlerinde kim bilir ne çok acı birikmiş. "Okumak zorundasınız," demiş çocuklarına. "Hepiniz okuyacaksınız ve çok iyi konuşacaksınız". Bunu söylediğinde 1950'li yılların başıymış henüz. Hepsi üniversiteye gidemese de okumuşlar. Çocukların kimi başka kentlere göçmüş, kimi yanında kalmış, elde kalan topraklar üzerinde... Yazdan yaza gelir olmuşlar, yuvadan uçan kuşlar. Evlenmişler, torunlar getirmişler.

Her uzun yoldan geleni toprak evin kapısında dakikalarca kucaklayarak karşılamış. Baş köşeye oturtup, havlularla serinletmiş yüzlerini. Gün doğmadan yaydığı ayranı içirmiş. Keşkek pişirmiş özenle. Elmalar, erikler koymuş önlerine. Sayılı zaman bitip de dönme vakti geldiğinde, yeşil gözlerinden yaşlar dökülürken dualar etmiş hep, "Alnınız ve yolunuz açık olsun" diye...

O yeşil gözlü, gamzeli kadın benim babaannemdi. Yüzünün

her bir çizgisinde şahit olduğu binlerce gün saklıydı. İnatçı, tuttuğunu koparan, çalışkan ve hayatım boyunca tanıdığım en onurlu kadındı.

Çocukluğumda bahçede ekmek pişiren komşulardan birinden bana da yağlı ekmek yapmasını istemişim. İlk kız torununa çok öfkelendiği tek andı sanıyorum. Elimde ekmeği gördüğünde şimşekler çakmıştı gözlerinde. Evimizde her şey vardı ve ben komşudan ekmek istiyordum. O anlık çocuksu bir iştah olduğunu kimse anlatamadı ona. Hışımla ekmek teknesini çıkardı. Unu eledi, ocağı yaktı, hamurunu hazırladı. Beni de oturttu karşısına, patlayana kadar yağlı ekmek yapıp yedirdi. Çok kızmıştı. Çalışmaktan nasırlaşmış elleriyle çenemi tutup gözlerimin ta içine bakarak "Muhtaç değilsin, bir daha asla bunu yapma," dedi.

Korkardık babaannemin öfkesinden. Kar kıyamet demeden kilometrelerce yürüyüp her gün okula gidişlerini anlatırdı babam. "Okunacaktı". Babaannemin hayattan alacakları vardı. Savunulamayan inançların, kaybedilen toprakların, haksızlıkların mutlaka bir karşılığı olmalıydı.

Yaklaşık 15 gün önce bir kızım olacağını öğrendim ve 10 gün önce babaannemi kaybettim. Beni büyüten halam çocukluğumda uykuya yatırmadan önce yumuşacık bir sesle konuşup, ikna ederdi uyumaya. Aynı ses tonuyla "Hiç acı çekmedi," dedi. "Sabaha karşı uyanmış. Elif'i çağırmış, su içmek istemiş, biraz içmiş, başım dönüyor demiş, dua etmiş ve kapamış gözlerini."

İyi ki bir gün önce konuşmuşum diye sevindim. İyi ki babaannemi bu bahar ziyarete gitmişim. Önce tanımamıştı beni. "Ellerin yumuşacık ne güzel," dediğimde, "Artık kimse iş vermiyor bana, sen de hiç mektup yazmıyorsun," dedi. Kucaklaştık, cebinden leblebi çıkarıp avcuma koydu, "Yolda yersin," dedi. Bütün çocukları gülümseyerek izliyordu bu anı.

Benim konuştuğum düzgün Türkçe babaannemin hayattan alacaklarından birini karşılıyordu. Televizyonda beni izledikçe ekrana okuduğu duaları anlatmışlardı. En iyi Türkçe konuşan sunucu seçildiğimde nasıl ağladığını...

Son ziyaretimde kulağıma eğilip "Aferin," demişti. "Çok yalnız kaldın sen, aferin kızıma benim, şimdi de anne ol artık."

Aslında anlatacak çok şey var bugüne dek susulmuş, ya da nefes yetmemiş. Ya da ses... Dokuz çocuk, onlarca torun, yaşanmış onca şey, uzun ve yorgun bir ömür. Umarım kızımın gözleri ve onuru babaanneme benzer. Umarım babaannemin kararlığı bende devam eder.

"Ben sözümde duruyorum Hafe Sultan, okumaya devam ediyorum."

Ve hatta senin için yazıyorum...

*Bu yılları boşuna beklemişim*
*günler solup giderken damlarda, odalarda.*
*Gençliğim*
*göster yüzünü bana:*
*Bakarım*
*korkularım, kuşkularım silinir*

*Nedir bu kitaplar, bu şiirler*
*Nedir kayalaşmış sıkıntılar, uçup giden sözler?*
*Nedir aklımın ermediği şu olup bitenler?*
*(...)*

*Süreyya Berfe*

*Bahar...*

## Annem ve Babam İçin...

Dokuz kardeşin en büyüğüymüş benim annem. Ihlara Vadisi'nin serin rüzgârları çatlatırmış ellerini. Onu büyüten babaannesi, okuma yaşına geldiğinde bir köy okulundan devlet parasız yatılı okuluna uzanan yolculuğunun inatçı bekçisi olmuş. Babamsa dokuz kardeşin üçüncüsüymüş. Karakoçan'ın Demirdelen köyünde kendisinden önce okuyan ağabeylerinin kardan tıkanan okul yolunda açtıkları izden yürümüş. Annesinin en büyük isteği Türkçeyi güzel konuşması ve dertlere derman, okumuş bir adam olarak dönmesiymiş. Anne ve babamın yolları parasız yatılı okulda kesişmiş. Sınıf başkanı olan babam, sınıftaki diğer çocuklardan daha ufak tefek olan annemi konuşanlar listesine yazmazmış.

Tarih, coğrafya, edebiyatla beraber, toprağı işlemeyi, ev yönetmeyi, gıda ve tarımı öğrenmişler. Toplum içinde davranış kurallarını, dünya klasiklerini, ekonomik önlemleri, çocuk yetiştirmeyi ve insan olmanın yorucu ama uzun yollarını anlatırmış onlara öğretmenleri. Bir gün okuldan çıkma zamanı gelmiş. Ellerinde diplomaları, gencecik teknisyenler Anadolu'da mecburi hizmete başlamışlar. Pek de mecburi değilmiş hizmet onlar için. Bunun için büyümüşler zaten. Onların doğdukları köylerde okuyabilen kardeşler, kendilerinden sonrakilere yol açmak için çalışırmış hep.

1970'li yıllar ateşle ve hüzünle geçti onlar için, Geçti diyorum, çünkü o yıllarda küçücük bir çocuk olan ben şahidiydim tüm olup bitenlerin. Kendileri gibi genç anne baba olmuş arkadaşları ile toplanır, uzun uzun "gelecek güzel günlerin" habercisi şiirleri okur, şarkılar söylerlerdi. Böyle mutlu kır gezilerinden birinde annemi bir dut ağacının tepesinde hatırlıyorum. Babamla ikisi gülüşerek dut topluyorlardı. "Anne, kaç yaşındasın?" diye sormuştum. "26" demişti. Kardeşim bir yaşındaydı, ben altı.... Anne ve babamın ne kadar büyük olduklarını düşünmüştüm. O ağaca tırmanmak için büyümem gerekiyordu. Oysa şimdi ne kadar da genç olduklarını fark ediyorum.

Evet ateş ve hüzünle geçti 70'ler onlar için. 80'ler daha da ağırdı. İnandıkları her şey dağılıyordu yavaş yavaş. Gözyaşları içinde o çok sevdikleri kitaplarını toparlayışlarını hatırlıyorum. Ağaç dallarında meyve toplayan çocuklar hızla yaşlanıyorlardı. Savruluyorlardı... Bu gece bu satırları yazarken, gençliklerini çok güzel yaşamış, ama ne yazık ki devamında bir kederle karşılaşan annem ve babamın tüm gençlik anılarına sızlıyor içim.

Kocaman bir dünya atlasının etrafındaydık üçümüz. Annem, babam ve ben. Bana Çin'i anlatıyorlardı. Mesela Kaf Dağı'nı gösteriyorlardı. Elimde minicik bir fırça ve "Green" diş macunu. Ayağımın altında bir tabure. İkisi de seyrediyor beni. "Milliyet Çocuk dergisi alalım" diyor babam. "İnce Memed'i resimli anlatıyorlarmış." Ecevit mavisi gömleğini ütülüyor annem.

10 Kasım'larda kasımpatı bulmak, 23 Nisan'larda şiirler ezberlemek, 19 Mayıs'larda erken kalkmak çok önemliydi bizim için. Ve geceleri yatağa yattığımızda sırayla anlatırlardı yatılı okul anılarını. "Gençlik Anısı" derlerdi. Genceciklerdi...

Umudumuz Ecevit'ti... "Köy Enstitüleri kapandığında olacaklar belliydi," demişti, bir akşam yemeğinde babamın bir arkadaşı. Çocuk aklım saklamış bu cümleyi. Olanlar ortada. Her gün televizyonlarda ve gazetelerde. Umudumuz iyice yaşlandı. Kendisi bugün başbakan ve nezle olsa piyasalar çalkalanıyor. Dünya atlasında böyle bir durumun başka hangi ülkelerde yaşandığına dair bir iz yok. Gazete okuyamayan, bir iş yapsak yorulmasak ama şöyle iyi bir para kazansak diye yaşayan, örnek alınacak kişilerin 'Biri Bizi Gözetliyor' ve benzeri yarışma programlarından çıktığını sanan ve buna benzer bir anlayış içinde olan hiçbir gence kutlamam yok. Zaten okumayacakları için haberleri de olmaz bu durumdan.

Ama... Kısıtlı bütçelerle yaşama ve okuma telaşında olan, ne yazık ki okumak yolculuğundan erken ayrılmak zorunda kalan, çocuk sayılacakken gençtendir diyerek hayata atılan, sevdası kalbinde yarım kalan, yaşadığı her günün farkında olan ve bir şeye "inanan" tüm gençlerin, ama en çok anne babaların "Gençlik Bayramlarını" kutluyorum

## *17 Yaşım*

Mutsuzluk ve büyük heyecanlar içinde gidip geldiğim yıllardı. Mutsuz olmak nasıl an meselesi ise herhangi bir şeyden ölesiye mutlu olmak da o kadar kolaydı. Kalbim bedenime büyük geliyordu galiba. Sadece saçlarına âşık olabilirdik herhangi bir yakışıklının. Ya da o çok beğendiğimiz şarkıcıya benzemesi bile yeterli bir nedendi. Âşık olunan kişi o dönem her kimse, kareli metod defterlerinin fizik problemlerine ayrılmış sayfalarına defalarca onun adı yazılırdı. Değişik karakterlerde. Bir de durmadan imza denemeleri yapılırdı. İmzam öyle mi olsaydı böyle mi olsaydı?

30 yaşını geçmiş herkes yaşlıydı ve bizi anlamaktan âcizdiler. Anlaşılmayacak kadar mühim endişelerimiz vardı. İntihar etmek sık sık düşündüğümüz bir yöntemdi. Neye karşı bir yöntem derseniz, bizi üzen herhangi birine karşı. Anlamayan anne, otoriter baba, haksız davranmış bir öğretmen, aşka karşılık vermemiş biri ve tabii ki diğerleri...

Bir tavrımız olmalıydı hayata karşı. Şarkılardan anlam çıkarmaya ve mahallede hayranlık duyduğumuz bizden büyüklerin okuduğu kitapları merak etmeye başlamıştık. En büyük sorun anlaşılamamaktı. Bir de kapı kenarında bekleyen üniversite kâbusu.

İlkokul yıllarım, Anadolu lisesi sınavları; ortaokul yıllarım fen liseleri; lise yıllarım üniversite endişeleri ile geçti. Bir baktım 16 bitmiş çoktan, 17'nin bitmesine de az kalmış. Sonra hepinizin malumu, garip bir hız kazandı zaman. Anadolu lisesi annem için önemliydi. Fen lisesi de öyle. Üniversite de elbette. Sözünü dinlemeyip ondan gizli konservatuar sınavlarına girmiştim. Kendim için cesurca verdiğim ve uyguladığım ilk karardı. Dil Tarih Coğrafya Fakültesi tiyatro bölümünü kazandığımda anneme nasıl söyleyeceğim diye kara kara düşünmüştüm. O günden beri stilimdir, bir kerede söylerim. Kolay oluyor. Nefes alın ve bir kerede pat diye söyleyin. Bitti işte...

Ne olmak istediğime ben karar vermiştim. Annem değil, ÖSYM değil, bilgisayar değil, şans değil... Sadece ben... Ağır bir bedeldi. Ama değerdi.

Hatırlayın, 17 yaşında insan sadece kendi olmak ister. Anne babasının olamadıkları değil. Üniversite sınavlarının ardından açıkta kalan onlarca gencin sıkıntısı ve mutsuzluğu zaten kendilerine yetiyor. Bir de anne babalarının baskısı eklenince... Aslında çok vakitleri yok hayatı derin derin solumaya.

Aşk ve diğer heyecanlar yaşam devam ettiği sürece bitmiyor elbette. Ama insanın kalbi bir daha 17 yaşındaki gibi çarpmıyor. Hiçbir göz rengi 17 yaştaki gibi zihninizde leke bırakmıyor. Hiçbir el 17 yaştaki gibi terlemiyor. Hiçbir şarkı 17 yaştaki gibi sadece sizin olmuyor. 17 yaşını geçmiş herkes biliyor ki, insan bir daha 17 olmuyor.

## *Kim Zengin?*

"Kitap satalım," dedi içimizden biri. "Öğretmenlere gidip kitap satıyoruz diyelim, acırlar lan belki..." Birbirimize baktık. O dönem kitap pazarlama işi yeni yeni yaygınlaşıyordu ama biz daha çok küçüktük. "Yaaa arkadaşım bir kere de lan diye konuşma, sen kızsın, yakışmıyor sana yaaa..." dedi en kısa boylumuz.

Anne babalarımızın hesap kitap dertleri "dert" oluyordu bize artık. Bize almak istedikleri, bize vermek istedikleri, bize yaşatmak istedikleri içimizi acıtıyordu. Ayakkabılarımız, paltolarımız, çantalarımız; bir simit, bir ayran alacak paramız eksik değildi ama marka giyinmeye yetmezdi gücümüz. Derdimiz de değildi zaten... Büyüyorduk, daha çok kitap, daha çok kaset, daha çok dergi almak istiyorduk. Sinemaya daha çok gitmeli, Kızılay'daki kafelerde daha endişesiz oturabilmeliydik.

Çalışmak en güzeliydi. Ama ne yapacaktık? Hepimiz yapacak bir şeyler bulduk o yaz. Birimiz bir turizm bürosunda telefonlara baktı, diğerimiz ablasının ofisinde toz aldı, bir diğerimiz de bir mağazada çalışmaya başladı. Sonra yıllar geçti. Birimiz tiyatro, birimiz ziraat, birimiz resim okumak üzere dağıldık. Artık üniversiteliydik...

Şu anda bir iki günlük tatildeyim. Tatilin ilk günü çok lüks bir yata davetliydik. Denizin ortasındaki aşırı görkem huzursuz etti beni. Aman leke olmasın, bir şey dökülmesin, terlikler çıksın falan filan... Kaldığımız şirin mi şirin otele döndüğümüzde akşamın serinliği inmişti küçük yeşil bahçeye ve havuzun hemen üzerindeki ağacın dalları düşmekteydi suya...

İşte o anda rahatlayıverdim. Özgür, Nedime, Aynur, Nurcan, Elif ve bahçıvan Asım amca... Az şekerli bir Türk kahvesi, aşçı Mehmet'in muhteşem salataları, tavuk yemekleri, adı geçen arkadaşların pırıl pırıl, cıvıl cıvıl koşturmaları... Hepsi de hem okuyorlar hem de hevesle çalışıyorlar...

Yıllar önceki "bize" benziyorlar...

Sonra ertesi gün tam da bize göre bir tekneyle çıktık koylara. Zeytinli makarna yaptım; bol soğanlı, naneli salata... Tuzlu tuzlu saçlarımla, maydanoz doğrarken sadelikle çevrili şeyleri daha çok sevdiğimi, hatta ne çok sevdiğimi düşündüm.

"Forest Gate" (Göcek) Ender Bey ve eşi Esra Hanım'ın kim bilir kaç yıllık düşü. Büyük işletmelerin baskılarına rağmen yaşayan bir düş hem de. Buzlu bademle, hiçbir yerde dinleyemeyeceğiniz müziklerle, katıksız bir içtenlikle sarmalanmış; geceleri serin, sabahları şekerli bir otel burası.

Nereden nereye? Farkındayım, daldan dala uçuyor aklım. Neden, diyorum, neden çok lüks şeylerde böye bir tat yok? Neden? Sonra hatırlıyorum: "1 milyon liran varsa ve sen 1 milyon 1 lira harcarsan fakir olursun." Oysa şu yazıyı yazarken de, az sonra size bu yazıyı ulaştırmak için benimle internet başına geçecek olan Alkan Bey bana gülerken de ben kendimi çok zengin hissedeceğim. Kazandığım milyarlık gülümsemeler için... Birazdan balığa gideceğim, sonra yola düşeceğim...

Tatil bitecek...

## Beni Böyle Sev Seveceksen

"Belma Hanım'ın kızı ne kadar da çalışkan. Keşke sen de onun gibi olsan. O zaman seni daha çok severim."

"Bak, ablan ne kadar düzenli, hiç onu örnek almıyorsun. Keşke sen de onun gibi olabilseydin."

"Ahmet Bey'in oğlu yazları babasına yardım ediyormuş işyerinde. Sense koca bir tembelsin!"

"Bizim ailede kimse boşanmadı. Bu kime çekti, nasıl böyle bir şey yaptı vallahi bilemiyoruz..."

"Bakın mesai arkadaşınız ne kadar da çalışkan. Pazar günleri bile çalışmaktan hiç şikâyet etmiyor. Sanırım sizden daha azimli!.."

"Heee, güzel olmuş pilavın, yav geçen gün Zerrin bir pilav yapmış, parmaklarımızı yedik Allah seni inandırsın, ben böyle iyi yemek yapan başka birini daha görmedim."

"Kaça aldın bu arabayı? Ohoo kazıklanmışsın sen. Buldular tabii senin gibi enayiyi. Aynı modeli Erol almış, valla seninkinden çok daha ucuza..."

"Yok yok abi, bi daha buna bırakmayalım seçimi. Bir şeyi doğru dürüst yapamıyor. Keşke ben gitseydim. Daha iyi anlardım bu işten. Ne bakıyorsun, haksız mıyım?"

Her zaman olacak daha iyileri...

Daha güzel, daha çalışkan, daha başarılı, daha zayıf, daha marifetli, daha erdemli, daha yakışıklı, daha zengin, daha, daha, daha... Durmadan bu kelimeyi tekrar ettiğinizde anlamının kaybolduğunu fark ettiniz mi?

Dört harften oluşan tuhaf, davul gümbürtüsü gibi bir sese dönüşüyor. Bir anlamı kalmıyor yani kendini yetersiz, ezik, başarısız, beceriksiz, tembel, işe yaramaz hissetmenin. İnsanın çocukluğundan bu yana biriyle, bir şeylerle kıyaslanmasının o berbat ağırlığından kurtuluyor insan. Ya da bir an için buna inanıyor.

Daha, daha, daha...

Oysa o cümlelerin şu karşılıkları da var hayatta: "Matematikte çok başarılı değildim, ama tarih dersinden hep çok iyi notlar alırdım."

"Evet, ablam çok düzenli bir çocuktu ama şu anda dağınık biri olduğumu kimse söyleyemez."

"Yazları babama yardım etmedim, top oynadım ama o sokak anılarının bana verdiği hazzı da hiç unutmadım."

"Ailem onaylamadı boşanmamı, ama şu andaki huzurumu hiçbir şeye değişemem."

"Hafta sonları kalmadım mesaiye, kalmadım çünkü hakkım olanı vermeyene hak etmediğini vermedim."

"Pilavda çok başarılı olmasam da börekte üstüme yoktur. Sonra çorbalarda, sonra sebze yemeklerinde, sonra mantıda.."

"Pazarlık yapamam. Yapamıyorum. Ama verdiğim para kafama yatıyorsa, içim rahatsa, tamamdır..."

"Bana göre benim seçimim doğrudur. Sana göre seninki. Ama benim için hiç kimse "bu" değildir."

"Beni böyle sev seveceksen, olduğum gibi göreceksen."

## Bir Öğle Uykusu

Zorla yatağa gönderirlerdi içimizden şanslı kimilerini.

Kimilerimizse hiç bilmedi öğle uykusunu.

Ama...

Tam da öğle saatlerinde gelirdi küçük şeytan...

Anne gibi ruj sürmek, baba gibi tıraş olmak, herkesten saklı saç ve kirpik kesmek, akşam hazırlanmış yemeğe şeker dökmek...

Şeytan bütün bunları o küçücük akıllara nedense hep öğle uykusuna zorla yatırıldığında getirirdi...

Kimi çocuklar "tosul tosul" uyurlar... Kimi çocuklar büyüyünce dansöz olmanın ya da tüpçü olmanın hayalini kurarlar. Hayal kuranlar hiç uyumadan odanın açılan kapısına dikerler gözlerini. Ne de olsa sessiz kalmış ve sokakta oyun oynama hakkını elde etmişlerdir. Derken o kapı açılır.

"Hadi," derler; "hadi kalk bakalım, yemek yiyeceksin."

Çocukluğun en sinir tarafı da, evet işte, ne yapman gerektiğini sana durmadan söyleyen birileriyle birlikte yaşamaktır.

Uyu, uyan, kalk, yemek ye, yıkan, eve gel, ders çalış, koşma, terleme, su içme, üstünü kirletme, küfür etme, tırnak yeme...

Cici çocuk ol!

Cici ol, uslu ol, efendi ol, saygılı ol, şeker ol, şirin ol... Boğaz ağrısında küçücük bir alnın üzerindeki kocaman eller nasıl da şefkatli ve sorun çözen serinlikte olurlardı. O anda cici olmak, uslu olmak, efendi olmak ve pırasa yemek ve evet, hatta saatlerce öğle uykusuna yatmak hiç de zor gelmezdi...

Yeter ki o el serinliğini eksik etmesindi ateşli alından...

**Sıcak yazlar çabucak geçti.** Oysa çocukken yaralar bereler içinde hiç tükenmezdi. "Ne çabuk geçti zaman, offf o kadar olmuş demek, daha dün gibi" sıradan cümleleri oldu hayatımızın. Bir öğle uykusuna feda edeceğimiz neler var şimdi. Çocukluktaki gibi sakin sessiz, gözümüz kapıda... Büyüyünce olacakların hayalini kurduğumuz, kara sineklerin camda vızıldadığı, o camın tül perdesinden gelin duvakları yaptığımız, topla kırdığımız o camın parçasıyla kan kardeşi olduğumuz, o camın parçasıyla asma yapraklarını doğrayıp mahallenin oğlanlarına zorla yedirdiğimiz, taşla evler dizip, merdiven aralarında evcilik oynadığımız...

Öğleden sonraları...

Şimdi büyüdüğümüz, evlendiğimiz, bir arada olduğumuz...

Sıcak bir yaz günü ağrıyan bir başa şefkatli serin bir eli özlediğimiz... "Eyvah neler oluyor bana" dediğimiz...

Dansöz ve tüpçü olma hayallerimizi bütçe denkleştirmelerinin kapladığı... Kırılan camların şimdi lekeli ellerimizde bıraktığı kesik izlerinin uzak anısı... Bir öğle uykusunda görülen bir çocuk rüyası... Üstüne Temel Reis çizilmiş uçurtmayı bir türlü uçuramamışız. Domatesli pilav yiyecekmişiz. Bahçede sırayla sallanırken rüzgâr Temel Reis'i almış götürmüş...

Uyanmışız...

Rüzgâr nedense boğazımıza bir yanma getirmiş...

Fark edince... Büyümüşüz...

## *Nasıl İstedim Nasıl...*

Saçlı bebek Ebru'yu hatırlıyorum. Aslında hiç unutmadım desem yeridir. Söz etmiştim belki de birkaç kez...

Öyle beklemiştim ki yollarını o bebeğin. Benim kuşağım anımsayacaktır; kahverengi saçlı, çilli, kollarını göğsünde kavuşturmuş, gözleri gülmekten kısık kısık sevimli kızı. Kolları kucağında birleşik olduğundan bir türlü istediğim gibi giydiremezdim bebeğimi. Ama yine de kahverengi gür saçlarından gurur duyardım. Onu o kadar çok beklemiştim ki...

Annemle babamın iş dönüşü kapıdan bana güldükleri o akşam geliyor gözümün önüne. Kıştı ve ben daha okula gitmiyordum. Düdüklü tencerede nohut pişirmişti halam. O mutfakta çalışırken ben onun bana gösterdiği kıvrık şeylerden yapmıştım tam bir sayfa. Yani bir sayfa 8 çizmiştim. Uslu olmanın, sorun çıkarmadan yemek yemenin, anne baba sözü dinlemenin, her gece yatarken dua etmenin sonucu olarak saçlı bir bebek gelecekti bana...

Ve geldi. Ebru bebek geldi...

Almanya'dan hediye gelen tavşan çikolataların, tarçınlı bisküvilerin, saçlı bebeklere dikilen yastık yorganın, renkli tebeşirle sokağa çizilen zambakların, mahallenin oğlan çocuklarının ve onların ceplerinden taşan cam misketlerin arasında büyüdük gittik...

Az önce apartman kapısını açarken camda yansıyan görüntümdeki saçlarım Ebru bebeği anımsattı bana.

Bir şeyi çok ama çok istemenin ve onu sabırla beklemenin güzelliğini...

Çocukça bir inat ve inançla o şeyi dilerken meleksi bir saflık taşıyor insan kalbi o çağlarda. Sonra bir şeyi istemenin içine şeytansı bir kıskançlık, kıyaslama, sabırsızlık ve isyan girmeye başlıyor. Bazen tek amaç hâline geliyor ve insan bir dolu başka hediyeyi göremeyebiliyor. Saçlı bir bebeğim olsun dileğimin ardından hiç bitmedi Allah'tan istediklerim. Sonra bir saat istedim. Sonra lacivert süet botlar (Berna'nınkilerin aynısından), kırmızı sırt çantası ve çingene pembesi bir matara...

Annem ve babamla beraber ettiğimiz bu dilek dualarının ardından çok geçmeden geliyordu istediklerimin hepsi. Sonra biraz daha büyüdüm. İsteklerim değişmeye başladı doğal olarak. Babam gidiyordu uzaklara. Önce gitmesin diye dua ettim ama gitti. Sonra çabuk gelsin diye dua ettim, gelmedi. Anladım ki her dileğim kabul olmuyordu artık.

Şu okula girsem, şu sınavı versem derken, o da beni sevsin diye dua etmeyi öğrendim. Sevdiğim de beni çok sevsin, beni unutmasın diye dua ederken..

Ay sonunu getirebilsem, şu taksidi ödeyebilsem, kirayı zamanında yatırabilsem telaşları dualarda bir tuhaflaşmaya sebep oldu bir süre.. "Allahım şu piyangoyu bana çıkar, bak neler yapıcam. O olmazsa loto olsun, o da olmazsa bir şey olsun ama çabuk olsun..."

Her birimiz yaşamışızdır sanırım benzer bir yolculuğu. Ben sonunda bir noktaya geldim bir zamandır. Bir şeyi tutkuyla ve hırçınca istemek o şeyi sonunda isteyene getirse de; ağız tadıyla yar etmiyor aslında. O hırs ve hırçınlık bozuyor bir şeylerin rengini...

Hepimizin kalbinde hâlâ bir melek var. Kanadı kırık mırık, ama var. Ben bütün dileklerimi ona diletiyorum artık.

## *Dünyayı Kocaman Görenlere*

Onu hep saklıyorlardı galiba. Varlığını duyardık ama bize anlatılan ters ayaklı adamlar, cin çarpmış kadınlar gibi bir efsaneydi sanki... Hiç görmemiştim... Sokağa bile çıkarmıyorlardı. Sonra bir gün okul dönüşü evlerinin balkonunda gördük onu. Anlaşılmaz sesler çıkararak bağırıyordu. Çok korktuk. Koşarak evlerimize kaçtık. Merdivenleri çıkarken bacaklarımın nasıl yandığını hatırlıyorum. Kapıdan içeri girdiğimde dizlerim titriyordu. Neden bu kadar korkmuştuk ondan? Bilmiyorum...

Ertesi gün, bütün çocuklar gibi, gördüğümüzü büyüterek anlatmaya başladık: "Balkondaydı evet... Bizi görünce bağırmaya başladı... 150 kiloydu... Yok, olur mu, 250 kiloydu... Tehdit etti bizi. Kafamıza odunları fırlattı. Koşmaya başladık. Arkamızdan hâlâ bağırıyordu. Bir daha evlerinin önünden geçersek bizi geberteceğini söylüyordu... O kadar korktuk ki koşarken düştük bile..." Bu anlattıklarımız ilgi gördükçe biz daha da abartmaya devam ettik...

Okulun bahçesinde "yakalamaca" oynuyorduk. Terlemiştik. Zil çalmıştı, içeri girmek lazımdı. Tam birinci sınıfların oradan geçerken biri koşarak gelip bacağıma tekme attı. Çok canım acıdı. Tam ben de ona atacakken bir baktım, yanımdaki en iyi arkadaşıma da bir tekme savurmuş. İkimiz acı içinde kıvranırken "Bir daha abim hakkında yalan söylerseniz kafanızı kırarım," dedi, kendinden beklenmeyen bir hırsla.

Dördüncü sınıflardan, kız mı yoksa erkek mi olduğunu bir türlü anlayamadığımız çocuktu bunları yapan. Aslında onun bir kız olduğunu, ama annesinin ona hep erkek önlüğü giydirdiğini ve erkek çantası aldığını yeni öğrenmiştik. Hani balkonda bize bağıran ve tehdit eden dev var ya, onun kardeşiydi...

Dev mev değildi elbette... Üç kardeşin en büyüğüydü. Hızla gelişen bedenine zekâsı yetişemiyordu. Hiçbir zaman yetişemeyecekti... O yıl 23 Nisan'da kız mı oğlan mı olduğunu çok zor çözdüğümüz çocuk şiir okudu. Annesiyle babası kucaklarında en küçük çocuklarıyla töreni izlemeye gelmişlerdi. "Dev" yine yoktu ortalıkta... Evimize dönerken onların evlerinin önünden geçiyorduk. Bizim dev balkonun kapalı kapısının camından sokağı seyrediyordu.

"Bugün 23 Nisan!" diye bağırdık elimizdeki bayrakları sallayarak. Nasılsa bize bir şey yapamazdı. Ellerini cama dayayıp bize bakmaya devam etti. Sonra canımız sıkıldı, gittik oradan. Bir daha görmedim o devi... Beden yaşı 17'ye gelmiş, irice bir otistikti bizim dev... Bir eve sakladıkları ömrü, akıp giden bir hayatı camdan seyrederek geçen... O gün balkonda belki de arkamızdan "Bugün hava ne güzel değil mi?" diye bağırıyordu... Ama biz onu anlamıyorduk...

Bugün 23 Nisan... Bedeninin tersine "zihni" hep çocuk kalanların, dünyayı bir çocuk gözüyle daima kocaman görenlerin, korkuyla cesareti bir bardakta içenlerin günü mutlu olsun...

## Anne Kız Olmak

Yıllar önceydi. Bir gece telefonum çaldı. Arayan annemdi. Sesinde bir mutsuzluk, konuşmalarında bir durgunluk vardı. Nasıl başladı, nasıl gelişti bilmiyorum, ama benim çocukluğumla ilgili bir iç hesaplaşmaya girmiş, benim üç dört yaşıma ait bir anı kalbini daraltmış ve benimle konuşmak, açıklama yapmak ihtiyacı hissetmişti.

"Çok küçüktün. Anıl Sokak'taki evde oturuyorduk. Oyun oynamak için sokağa çıktın. Biraz sonra bir simitçi geldi kapıya. Senin simit aldığını, parasını almak için de kendisini bana gönderdiğini söyledi. Onu bir güzel payladıktan sonra cama fırladım ve seni eve çağırdım. Hemen geldin. Geldin ama o kadar kızgındım ki seni müthiş azarladım. Bana sormadan o simidi alman, simitçiyi eve yollaman, bana böyle emrivakiler yapman beni çok kızdırmıştı. Çok azarladım seni. Sonra mutfağa gittim. Bir saat sonra geldim ki ağlaya ağlaya uyumuşsun. O simitten bir lokma ısırmışsın ve olduğu gibi ayakkabılığın üzerin bırakmışsın. Bu sefer de çok üzüldüm, seni uyandırdım, öptüm ama ne yaptıysam o simitten yemedin."

"Sadece bunun için mi aradın anne?" diye sorduğumda devam etti:

"Evet, bunun için aradım. Nasıl bir anne oldum diye düşünüyordum. Seni yetiştirirken ben de çok gençtim, çok çocuktum. Bir sürü şeyi ben de seninle öğrendim. Katı bir disiplin gerekir diye düşünüyordum. Benim sözümden ve kurallarımdan çıkmamalıydın. Seni ben doğurmuştum, ben ne istersem onu yap istiyordum. Sen akıllı bir çocuk oldun çok şükür ama bazen baş edemiyordum seninle. Dört yaşındaki bir çocukta bu kadar inat, bu kadar gurur olur mu? Neden yemedin o simidi de yıllardır içime dert ettin sen kızım?"

Ne inat gerçekten. O gece annemle uzun uzun konuştuk. Ergenlik dönemimde çok çatışmıştık. Annem çok disiplinli bir kadındı. Çok otoriterdi. Büyük çocuğu olarak bana gösterdiği hoşgörü sınırlıydı. Her türlü aksilikten, önce beni sorumlu tutardı. O gece bütün bunlardan konuştuk. Hepsinin bir nedeni vardı ve annem çok üzgündü. Bir çocuk yetiştirmenin ağırlığından söz etti. Bugün yaptıklarımdan gurur duyduğunu söylerken bir gün ben de anne olursam bana anlatacak çok şeyi olduğunu ekledi. Telefonu kapadık.

O gece yatağımda çocukluğumda kırmadığım vazolar için aldığım cezalara ağlayışım geldi aklıma. Bir yandan ağlar, bir yandan da bütün kalbimle ilahi adalete inanır, o vazoyu bir gün benim kırmadığım anlaşıldığında benden özür dileyecek aile büyüklerini nasıl affedeceğimi düşünürdüm. Avunurdum. Eğer o geceki telefon konuşması çocukluğumda yollarını gözlediğim ilahi adaletin kılık değiştirmiş hâli idiyse, çok geç kalmıştı.

O çocuk, kalbi kırık ve dokuz yaşında orada öylece kalmıştı. O çocuğun kim bilir hangi duygular ve deneyimlerle beslenerek büyümüş hâli de bu durumu önemsemiyordu. O gece annemin geldiği nokta benim için çok önemliydi. Çünkü yıllarca "Annem bizi karaciğeri sanıyor. Sanki ona ait bazı iç organlar hareket hâlindeler ve sözünü dinlemiyorlar. Bu da onu çok öfkelendiriyor," diye düşünürdüm. Bunu da sık sık dile getirirdim. Annem güler ve "Anne olunca seni de görürüz," derdi. O gece annem büyüdüğümü ve bağımsızlığımı kabul etmişti.

Geçtiğimiz günlerde beraber mutfakta yemek yaparken sürekli annemin peşinde bir müdire hanım edasıyla "Onu kapat anne, bu kaşığı kullan, hayır orası olmaz" diye diye kadıncağızı bunalttım. "Benim çocukluğunda dağınık kızımın bu kadar derli toplu olması çok güzel, vallahi bravo. Seni tebrik ederim. Ama Allah aşkına içeri git de ben de rahat rahat yemek yapayım," dedi. Ardından ekledi: "Eğer bu hadiseyi yazarsan kötü olur ona göre"

Bu yazının kahramanları bizzat ben, annem ve ilahi adalettir.

Anneciğim, özür dilerim, bize ait bir şeyleri anlattım yine. Ama o kadar çok bizim gibi anne kız var ki... Bir gün "arkadaş olunduğunu" bilsinler istedim. Ve gerçekten bir gün kızların anneleri daha iyi anladığını.

Seni çok seviyorum...

## Olmak İstediğin Şeyi Düşün

Mağazanın soyunup giyinme kabininde kafamdan kazağı çıkartmaya çalışırken, perdenin arkasından sesi geldi genç kızın:

"Ben de oyuncu olmak istiyorum ama kimse bana yardımcı olmuyor. Annem çok karşı çıkıyor ve ben sadece o mutlu olsun diye açık öğretimde büro yönetimi okuyorum. Ayyy, kahveniz de soğudu bu arada... İclal Hanım, ben de görebilir miyim denediğiniz kazağı?.. Biraz içseydiniz bari kahvenizden..."

Kazak elimde, çıktım kabinden. Karşımda ışıl ışıl gözleriyle şahane bir yüz bana bakıyordu. Bir yandan bıcır bıcır anlatıyor, bir yandan da kazakları bir yana bırakıp, kadife pufu ittiriyor, beni orada alıkoymak için uğraşıyordu.

Elinden kahve fincanını aldım ve pufa oturdum. Bir şey söylememi bekliyordu, gözlerini kocaman kocaman açıp bana bakarak... Yıllar önceki ben geldi aklıma (pek de çıkmaz aklımdan zaten).

Bir soyunma kabininin önünde Ankara Devlet Tiyatrosu oyuncularından Kaya Akarsu'yu soru yağmuruna tutmuştum, elimde bir dolu pantolonla: "Oyuncu olmak istiyorum ben, annem istemiyor, kimse yardımcı olmuyor, ne yapacağım, ne olacağım, yol gösterin bana..."

Kaya ağabey ve eşi Melek abla sabırla ve sevecenlikle dinleyip, anlatmışlardı: Okula gitmeliydim!

"Konservatuvar sınavlarına girmelisin. Mutlaka okumalısın.

Bu yaz açılacak oyunculuk sınavlarına hazırlanman için elimden geleni yaparım. Seni oyuncu arkadaşımız Turgay Tanülkü ile tanıştırayım. Rica edelim, seni bir izlesin, eğer ışık görürse yardımcı olacaktır zaten..."

Bunları söyleyip dediklerini de yaptılar gerçekten... Elimde kahve fincanı, oyuncu olmak için yanıp tutuşan genç kızı dinlerken Kaya ağabeyin anlattıklarını geçirdim kafamdan bir bir...

Bana anlatılanları anlattım ben de ona... Çok sık karşılaşırım oyuncu olmak isteyen gençlerle ve "hâlâ genç" olanlarla... Ya yeni çıkılacak o yol için bir başlangıç ya da geç kalınmış o yolculuk için bir pişmanlık paylaşılır aramızda... Okula mutlaka gitmek gerekiyor mu, ondan çok emin değilim artık. Sanatın sonradan öğretilebilir bir iş olduğuna inanmıyorum. Oyunculuk okullarından mezun olmuş ve oyuncu olamamış ne çok isim tanıdık, o fırsatı yakalayamadığı için satır arasında sıkışık bir ömür yaşayan olağanüstü yetenekleri tanıdığımız gibi...

Var olan bir cevheri işlemek için gitmeli bir okula, o okuldan bir iş sahibi olarak çıkmak için değil. Mutlaka bir eğitim gerekiyor, bunu tartışmak yersiz ama sanat okullarında özgürce, özgürce, özgürce kendini savurabilmeli bir insan. Kanatlanabilmeli, dağılabilmeli... Bir öğretmenin küçük bir kopyası olmamalı.

Kendini bulabilmek için, öğrendiği doğrularla, tekniği birleştirmeli ve salt kendisi olarak çıkabilmeli o kapıdan...

Söylenebilecek şeyler belli...

Bir gün genç bir haberci arkadaşıma beş altı yıl sonra "Ali Kırca olma yoluna gireceksin" dediğimde, sevimli bir ifadeyle, "Beş altı yıl sonra mı, çok geç yaaaa, benim o kadar vaktim yok!" diye karşılık vermişti.

Vakti yok kimsenin emek emek bir yolda biriktirerek, öğrenerek, süzerek büyümeye. Çabuk olsun, çabuk! Bana gönderilen şiirler, öyküler hepsi kendinden çok emin; bu köşede yer almayı, televizyonda okunmayı ya da hemencecik basılıp kitap olmayı bekliyorlar.

Gerçekleşmeyince küsüyor şiirlerin, öykülerin sahipleri. Oyuncu olmayı dizilerde rol kapıp lüks içinde yaşamak sanıyor kimileri de...

Oyuncu olmak isteyen genç arkadaşlara okul, sınav, birikim, çıraklık deyince kararıveriyor bakışları...

Bizden büyük meslektaşlarımızın kimileri bizlerin geldiği noktaları -kimi zaman haklı olarak- eleştirseler de, o kadar kolay gelmiyor inanın hiç kimse bulunduğu yere. -Kimi zaman- haklılar, çünkü onların büyüdükleri dönemde bizimkine göre çok daha güçmüş bir işte başarıya ulaşmak.

Bugün dünden, belli ki yarın bugünden daha kolay olacak...

Yıllar önce o gün, o kapıdan içeri Kaya Akarsu girmeseydi ve bana yaşamımı şekillendirecek öneriler sunmasaydı ve ben onu can kulağı ile dinlemeseydim, kim bilir bugün bu gazetenin bu satırlarını yazan bir başka kadını okuyor olacaktım...

Dedim ki o koca gözlü güzel kıza, ister okula git, ister bir özel gruba dahil ol; alaylı, mektepli...

Sadece bütün kalbinle, bütün kalbinle kendini ve olmak istediğin şeyi düşün...Hayal et, on yıl sonra neredesin?

Siz...

Siz on yıl önce neredeydiniz?

# Kısaca

"İnsanlar artık okumaya eskisi kadar vakit ayırmıyorlar. Tahammülleri yok uzun uzun okumaya. Hatta ekranda 30 saniye üzerinde değişmeyen bir kare bile canlarını sıkıyor. Her şeyi kısaca algılamak istiyorlar."

Uluslararası bir iletişim toplantısında katılımcılardan birinin konuşmasındandı az önce okuduğunuz cümleler. Hayatını yazarak kazananlar için ya da yaptığı işi yazı yoluyla anlatanlar için zor bir durum bu. Gazetecilere, dergicilere, metin yazarlarına artık "kısa yazın" diyor modern iletişimciler. Okuma tembelliği ve teknolojik iletişim sürati içindeki gençleri yakalamak için yeni yollar arıyorlar.

**"sni çk ozld opt J"**

Bu; "seni çok özledim, öptüm" demek. Cep telefonu, yani o sihirli alet olmasa sanki hiçbir yöntem yok anlaşabilmek için. Beni en çok hayrete düşüren ise bilgisayar başında özel sohbet odalarında, birbirini hiç tanımayan insanların, derin itiraflar içeren kısa sohbetleri. Belli ki birileriyle bir şey paylaşma ihtiyacı içinde olan insan oğlu ya da kızı, nedense bu sohbet türüne gittikçe daha çok tutuluyor.

Yazıla söylene kanıksanmış bir cümle vardı, ablalarımız ağabeylerimizin dilinden düşmezdi. "Anlaşabilmek emek ister." Bizlerse onların üniversiteli tavırlarına, süet botlarına hayran hayran bakar ve durmadan tekrar ederdik. Ezberledik de uygulayabildik mi?.. Heyhat, ne tezat! Anlamaya çalış, anlatmaya çalış, yorumla, kırıl, kır, düş, kalk...

Belki de bu yüzden; fazlaca emek gerektirmeyen bu yöntem daha çok tercih ediliyor. Tanımadığın birinin sırrını saklamak, birine sır vermenin endişesini taşımak, söylediğin bir lafın, ağzından çıkan bir kötü sözün arkasında durmak gibi "insani" zorlukların hiçbiri yok bu isimsiz ve kısa buluşmada...

Gülriz Sururi bir süre önce arkadaşımız Tolga Meriç'e verdiği bir röportajda; dilin kullanımı konusunda endişeli olduğunu, konuşurken insanların ağzından bazı harfleri hiç duyamadığını, bunun giderek bir "biçim" hâline dönüştüğünü anlatmıştı. Henüz yayımlanmamış o röportajdan Tolga Meriç'in izniyle o bölümü aktarmak istiyorum:

"Öyle düzeysiz bir yere varıldı ki... Kanallar arasında 'aman çıtayı yükseltmeyelim' diye bir anlaşma var sanki. Türkçemizi bu kadar bozuk sunmak... Ayol mayol... Bütün kadınlar böyle konuşuyor televizyonda. Ve bütün gençler 'yok ya' diye başlıyor lafa. Bir kelimenin harflerini baştan sona duymuyorsunuz. Chat'leşirken kelimeleri kısaltıp anlaşıyorlar ya, konuşurken de böyleler. Öpüşüp koklaşsalar diyorum... Ama işin tuhafı öpüşüp sevişmiyorlar da! Sevgiden anladıkları şey başka. Giderek bir seks tembelliğinin de başladığını görüyorum...

"Belki, diyorum, dünya değişiyor, sen dışında kalıyorsun. Küçük ayak parmağının işlevinin olmadığı, insanların dört parmaklı olacağı söylenir. Harfleri-kelimeleri eksiltip kısaltmak onun gibi mi acaba? Bunları düşündükçe çok iyi bir zamanda yaşadığımı düşünüyorum. En zor, en sıkıntılı günlerimde ülkemin en değerli şairleriyle aynı maşada oturuyordum. Belki peynir-ekmek, sucukekmek, şarap vardı ama herkes bir şeydi, birisiydi... Ve orda olmak büyük mutluluktu."

Az önce ne yazdığımı sordu bir arkadaşım. Anlattım... Güldü. Artık "Seni özledim, seni düşünüyorum ve seni seviyorum demenin daha kısa bir yöntemi var," dedi. "Neymiş?" diye sordum. "Cep telefonunu çaldırıp kapatıyorlar. Çıkan numaradan kısaca anlıyorlar ki arayan onu çok özlemiş!"

# *Yağmur Yağıyor, MFÖ Söylüyor*

Gittiğim ilk konserdi. Ankara Arı Sineması'nda binlerce genç tıkış tepiş onları bekliyorduk. Derken, geldiler... Tanrım, çığlık atmanın bir anlamı oldu onları gördüğümüzde...

Günde üç konser veriyorlardı... Konser bitiminde kediler gibi dolandık kulis kapısında ama nafile... Bir imza olsa defterimizde, ne olurdu yani?... Diğer konser için hazırlanıyorlardı ve annemin en iyi arkadaşı Ayten Teyze' nin oğlu Nurettin "Hadi gidelim yaa, üşüdüm ben," dedi. Gittik..

Ortaokul öğrencisiydik ve kışları ders çalışmak için tıkıldığımız odalarda, yazları tünediğimiz bahçe duvarlarında avaz avaz söylüyorduk bütün şarkılarını... Konsere gidemeyenlere ballandıra ballandıra anlattık haftalar boyu... Bir gün mahalleden biri "Artiz oğlum onlar, resimleri de kendileri imzalamıyorlarmış, onların yerine adamları imzalıyormuş," dedi.

Aha... "Olur mu be!" dedi bir başkası. "Mazhar Fuat Özkan oğlum onlar. Büyük insanlar yani. Bize öyle bir enayilik yapmazlar..."

İnanca bakar mısınız!

Bize bunu yapmazlar... Oturdum, kuşlu bir mektup kâğıdına kırmızı kalemle döşendim: "Bu mektubum elinize geçer mi onu da bilmiyorum ama hakkınızda yapılan bu dedikodular bizim çok ağrımıza gitti Mazhar Fuat Özkan abi. Resimleri siz imzalamıyormuşsunuz. Sizin yerinize adamlarınız varmış, onlar imzalıyorlarmış. Ağızlarının payını verdik ama doğru mu yaptık bilmiyorum."

Bir şüphe eklemeyi de ihmal etmemiştim mektubumun kuyruğuna. Sonra pulunu yapıştırıp 5. Durak'taki postaneden verdim postaya, unuttum gitti...

Çok yağmurlu bir gündü. Okuldan döndüm, kardeşimi öğlen uykusuna yatırdım, annem gelmeden evi de toparlayayım, öyle ders çalışayım derken ayakkabılığın üzerinde gördüm o zarfı. Büyük bir zarf... Üzerinde kırmızı kalemle Sn. İclal Aydın yazıyor...

Gönderen: Fuat Güner...

Şu anda bu satırları yazarken bile aynı hızla çarpıyor kalbim...

Zarftan büyük bir Mazhar Fuat Özkan fotoğrafı çıktı. Ardında bir mektup. Diyor ki Fuat abi:

"Hayır sevgili İclal, onların dediği doğru değil. Hepsini biz imzalıyoruz. Bak ben de senin gibi kırmızı kalemle yazıyorum ve bu yazı tipik Fransız yazısıdır. O çocuğa git, bu mektubu göster, bizden selam söyle ve de öp bütün arkadaşlarını. Sizi çok seven Mazhar Fuat Özkan abiniz..."

Gittiğim her ülkeyi dolaştı o zarf benimle, ama ben bir daha hiç MFÖ konseri izleyemedim. Boyumun uzamasına, yaşımın ilerlemesine rağmen hiçbir şey eksiltmedi kalbimdeki onların sevgisinden. Geçtiğimiz haftalarda bir akşam Beyaz'ın programına konuk oldular. Beyaz'ın en güzel programlarından biriydi ve onları aynı sevgiyle, aynı özlemle izledim o gece. Ertesi birkaç gün her yerde aramama rağmen bulamadım albümü. Sonra...

Gazetede masamda büyük bir zarf. DMC'den gönderilmiş bir albüm. Ama içinden çıkanın bambaşka bir anlamı var benim için. Çığlık atmak gibi... "MFÖ Collection"

İstanbul'un usandıran trafiğindeyim. Yağmur hızını almış, silecekleri yoruyor. "Tam ortasındayım yağmurun." Ne çok yıl olmuş.

"Nasıl da paylaşıyor insan isterse,

Nasıl da birmiş meğer hasretler,
Nasıl da mecburmuşuz sabretmeye,
Sevmeye, öğrenmeye..." Bu sözlerin anlattıkları... Hay Allah...

"Tam varıyorum ki hedefe, bir yenisi başlıyor, bu oyun hep aynı, değişmiyor..." Trafik umurumda değil. Gelip geçen arabalar, olup bitenler...

"Tam ortasındayım yolun, koşunun ortasındayım..."
Bu şarkılar bu yaşımı da seviyor...
MFÖ söylemeye devam ediyor, ah!..
"Gözyaşlarımızı bitti mi sandın?"

# *Para*

Yeni Türk Lirası'nın geleceği gün konuşuluyor nicedir. Aslında vitrin bakmayı sevenler için pek de büyük bir değişiklik olmayacak. Özellikle pahalı ürünler satan ve sergileyen mağazalar etiketlerinden sıfırları atmışlardı çok uzun zaman önce...

Asansördeki genç hanım "Ha-hahayy, yine kuruş mu diyeceğiz yani?" dedi arkadaşına... Arkadaşı da "Sen kuruşa yetişmiş olamazsın," dedi. Onlar tartışırken, asansörden indim.

Ben simitin 50 kuruş olduğunu anımsıyorum. Cebimde gururla taşıdığım, ikide bir orada mı değil mi diyerek yokladığım 2,5 liranın anısı daha büyük tabii... Tuvalete düşürmüştüm! Ömrüm boyunca kaybettiğim için yandığım en büyük paradır... Miktarca çok daha fazlaları çarçur olduğu halde...

Bazen böyle yaş almaktan, aşktan, kuruştan, kırışıklıktan bahsediyoruz diye kızıyor kimi köşe yazarları. Yaşımızın tutmadığını düşünüyorlar gerçi kimileri ne yazılsa kızıyorlar o ayrı... Neyse, bu sebeple tür yazılara şöyle başlamak gerek diye düşünüyorum son zamanlarda;

"Filanca gazetenin filanca köşe yazarının izniyle yazıma başlamak istiyorum. Öncelikle hepsinin iyi olmasını Allah'tan niyaz ederim. Ellerinden öperim. Beni sorarlarsa iyiyim çok şükür. Bugün onların konusuna girmiş de olsam, biraz geçmişten söz etmek isterim. Gerçi onlar daha iyi bilir ama..."

***

"Kaç para kazanıyor annen?" diye sormuştu bir arkadaşım. Çantalarımızı sallaya sallaya eve dönüyorduk birinci durağın oradan. Şimdi orada kocaman bir metro istasyonu var. Tam da metro merdivenlerinin olduğu yer bir zamanlar çocuk parkıydı. Salıncağından patır patır düşüp kafamızı yardığımız...

"Bilmiyorum ki... Herhalde 10 bin lira kazanıyordur," dedim üzerinde Heidi'nin resmi olan çantamı onun siyah çantasına vurarak. "Üüüfff, çok para be!" demişti.

Aradan geçen birkaç yılın ardından yatılı okula gittiğimde, o ay dikkatli harcamam gereken para ise galiba 500 liraydı... Onun bunun çantasına çantayla vuracak, ya da tekme atacak hâlimiz kalmamıştı. Kafamızı salıncaklardan düşmek değil ders çalışmak patlattığından, sonunda bir Anadolu lisesine girmiştik...

Bordrolu ilk maaşım 150 bin liraydı ve "Üffff, çok para kazanıyordum". Sonraki yıllar, arada bir yerde uzaklara gittim. Türk Lirası ile ilgili "az, çok, müthiş" kavramım oralarda kayboldu. Ne yazık ki artık kendisi de bir hatıra olmuş olan Alman Markı ile ölçebiliyordum ederleri... Ancak kesin dönüş yaptığımda buralarda Amerikan Dolarının hükmü geçer olmuştu... İlhan İrem'in unutulmaz klasiği "Giderken bıraktığım..." dilimden düşmüyordu...

Nitekim... Nostalji denen şey bizim ülkemizde çabuk üreyen ve serpilen bir kavram malumunuz. Bu sebeple bir insanın ömrüne sıçrayarak, zıplayarak; değişen para kavramı, değişen sokaklar, değişen insanlar, değişen değerler yerleşince; köşe yazanların pek çoğu yetmişlerin başlarında profesyonel hayata adım atarlarken doğan bizler bile "vay beee" diyebiliyoruz.

"Ne günlerdi ama... Elli kuruştu kardeşim bir külah dondurma... Kıyma için kuyruğa girerdik biz. Elektrik kesilirdi her gece..." Hızlı geçiyor hayat üzerimizden...

Kafamızdaki salıncak yarıkları iyileşemeden "yaşam kavgası" yer ediyor yanında...

Yalan mı?...

## *Sıkıcısın Bebeğim*

Dank etti...

"Kafana dank etti mi?" diye sorarlar ya?..

Anladın mı, iyice anladın mı?.. Anladım!

Ayşe Arman'ın Sertab Erener ile yaptığı röportajı okuyordum. Diyor ki Sertab Erener: "İngiliz bir gazeteciye dedim ki: Hayatımda müzik kadar ciddiye aldığım bir ruhsal gelişim söz konusu. Xing Shen Zhuang Fa adı verilen Çin egzersizleri ve meditasyon yapıyorum. Taoizmle ilgileniyorum, kitaplar okuyorum. Daha Nei Kung çalışacağım. Shentien Hotiyen olacağım; böyle emellerim var... O da dedi ki: Bak sana bir şey söyleyeyim. Daha doğrusu kuralları: Kylie Minogue gibi olacaksın. Pop olacaksın, light olacaksın. Bu anlattıkların çok sıkıcı bebeğim. Madonna da gittikçe sıkıcı oluyor, Sting de öyle. Pop marketinde olmak istiyorsan asla böyle entelektüel konuşmayacaksın."

Ayşe de diyor ki Sertab'a: "Üstelik bunu elin İngilizi söylüyor, Türk gazetecilerini düşünün artık!"

Sertab devam ediyor anlatmaya: "Ama maalesef ben neysem oyum! Evet, bu oyunu kurallarına göre oynayamıyorum. Ama oynamak da istemiyorum. Benim anlattıklarım, pop market kuralları gereği insanlara sıkışık ve renksiz geliyorsa, ben ne yapabilirim? 'Malzemesi olmayan kadın' deniyor. 'Zaten bununla da seks konuşulmuyor!' Konuşulur ama ben sekse tutunan biri değilim..."

İngilize bak sen...

Sıkıcısın bebeğim ha?..

Birden... Birden anlıyorum... Aslında çok uzun zamandır farkında olduğumu fark ediyorum yani... Okul kantininde önümüzde kaşarlı tostlar, sıkıca toplanmış saçlarımız, siyah çoraplarımız ve diz altı eteklerimizle, elimizde Kemal Burkay'ın şiirleri, Orhan Kemal'in kitapları, gözlüklerimizi burnumuzun üstünden ittire ittire bahçeyi seyrederken aklımız almazdı bir türlü...

Evet, aklımız almadı bir türlü en kısa etekli, en beyaz soket çoraplı, saçları omuzlarına dökülen, hırkası hep omzundan düşen, defter kitap taşımayan o okulun en hoppa kızının etrafının dolu olmasını...

Oysa bizim konuşacak ne çok şeyimiz vardı...

Kızın etrafında pervane olur, sonra da arkasından konuşurlardı.

Bizim de omuzlarımıza dostlukla vurup geçerlerdi... Biz namuslu ve sıkıcı kızlardık. "Arkadaştık" yani...

"O" ve arkadaşları ise çaya, sinemaya davet edilen, okul çıkışında yolu gözlenen, kutu kola ikram edilen, basket maçlarında kendisi için sayı atılan, derslerde sürekli not yağmuruna tutulan, gezilecek kızlardı...

Dişiliğimizi saklamayı önemli bir kural saydık.

Sonra dişiliğe tutunmadan bir yolda yürümenin, yürüyebilmenin bir erdem olduğuna kanaat getirdik. Göğüslerimiz olduğu için değil; sesimiz, aklımız, yeteneğimiz, hakkımız olduğu için toplamalıydık nimetleri...

Okul bittikten sonra başlayan gerçek hayat, kantinde yaşadıklarımızdan farklı değilmiş...

Ellerinde kitapları, kafalarında ve kalplerinde bir dolu heyecan, damaklarındaysa öğrenmenin tadı olan bir grup sıkıcı kız hayretle camdan dışarıyı seyrediyoruz hâlâ...

Hoppa kızlar her zamanki gibi yine en gözde olanlar...

Şu anda ekranda bir havuz kenarında kıvrım kıvrım uzanmış

olan Kylie Minogue var... Sol göğsü yerinden fırlamak için hazır bekliyor...

Kafama dank etti...

Kylie ve diğerlerinin fırlamaya hazır göğüslerinden daha önemli ne olabilir ki bu hayatta? Kıvırcık popolar, renkli kumaş parçaları, yüksek tondan çıkan boş ve kısa kelimelerden daha önemli ne var?.. İngiltere'de, Amerika'da, Türkiye'de, televizyonda, sokakta?...

Sertab! Yalnız değilsin bebeğim...

## *Sevdiğim İçin Öldürdüm Üstelik*

"Sizi yakından tanımak isterdim" diye devam eder bazen okur ve seyirci mektupları... O mektupları okurken içim sızlar hep..

Neden mi?...

"Ondan daha mükemmeli olamaz" diye düşünürdüm... O kimi zaman çok sevdiğim bir şair oldu, kimi zaman çok sevdiğim bir romancı, kimi zaman da bir oyuncu...

Yaptığı işi o kadar güzel yapıyordu ki bunu ancak "mükemmel bir insan" yapabilir sanıyordum. Hele bir de kelimeleri ve kalemi ise hayranlığımın sebebi, yaşadığından farklı olamaz gibi geliyordu yazdıkları...

Her birini tanımak için deli olurdum.

Onlardan bir oyuncuyu tanıdım ilk olarak. Tiyatro okuduğum yıllarda bizim için çok önemli bir tiyatro adamıydı. Hâlâ da önemli bir tiyatro adamı olarak yaşamaya devam ediyor. Sahneden indiği, reji yapmadığı, konferans vermediği anlardaki dayanılmaz huysuzluğu ve kavgacılığı değiştirmiyor Türk tiyatrosu için yaptıklarını.

"Alkole olan zaafı" diyerek geçiştirmiştim onu tanıdıktan sonraki hayal kırıklığımı, ama tatsız bir anı olarak kalmıştır hafızamda o ünlüyü tanıdığım akşam...

Sonra bir başka hayran olduğum yazarla tanıştım İstanbul'a ilk geldiğim yıllarda bir arkadaş evinde. Of, ne kötü ne kötü bir geceydi... Yerle bir olmuştu kafamda hazırola dizdiğim o güzelim hikâyeleri, şiirleri... Elinde bir içki bardağı, çevresindekilerle dalga geçiyordu sürekli. O çok duyarlı, o incelikli insanın yerinde insafsız, kibirli, çirkin biri duruyordu... Gözlerim dolmuştu onu seyrederken...

Çok hayran olduğum bir şaire şiirlerinin yaşamımdaki önemini anlatırken bir an beni durdurup; "Beni tanıdığınızda beni tanımaktan pişman olacaksınız ve şiirlerimi eskisi kadar sevmeyeceksiniz diye korkarım," demişti. Gülmüştüm. Onu tanıdıktan bir süre sonra gerçekten onunla ahbaplık etmenin güçlüğü o hâle geldi ki onunla bağları koparmak gerekti. Şiirlerinden vazgeçtim mi peki? Eskilerden hayır ama yenilerinden evet...

Bu yüzden hayranlık duyduklarımı tanımaktan korkarım ben... Çünkü hep hayal kırıklığı vardır sonunda... Geçenlerde karar verdim... Bütün kahramanlarımı öldürüyorum...

Anladım ki ancak bir ölüye duyulabiliyor sonsuz aşk ve sonsuz bir saygı.

Mezarından kalkıp bozamaz çünkü geride bıraktığı son yazıyı, son cümleyi, son notayı, son büyüyü... Bir roman, bir yazı, bir şiir, bir beste, bir film neyse işte dünyaya bıraktığı o son güzellikle aramıza giremez... Siz de eğer benim kelimelerimi sevdiğiniz için tanımak istiyorsanız beni, boşverin tanımayın derim. Bu, böyle bir bağ olsun aramızda... Her tanıdığım kahraman şaşırttı, utandırdı onu sevdiğim için kendimden beni... Bu yüzden öldürüyorum hepsini... Üstelik bunu onları sevdiğim için yapıyorum!

Her defasında, bir kez daha o hayal kırıklığını yaşama endişesi... Bu yüzden bana; "Seninle arkadaş olmak istiyorum" diye yazdığınızda da korkarım aynı hayal kırıklığına sebep olmaktan...

*(...)*
*Bilinir ne usta olduğum içlenmek zanaatında*
*Canımla besliyorum şu hüznün kuşlarını*
*(...)*

*Cemal Süreya*

*Güz...*

*Ercan Arıklı İçin...*

# Tek Bir Sözcük

***"Fark etmez"***

Hiç bu iki kelime üzerine düşündünüz mü? Ya da bu kelime canınızı yaktı mı hiç? Bir şeylerin sizin için çok fark ettiği günlerde, yakınlarınızda birileri için tam tersi olduğunda küstünüz mü o aranızdaki çiçekli bahçeye? Bir şarkıyı ölesiye sevdiğinizde, bir yemeği iştahla hazırladığınızda, bir filmi onlarca kez izlediğinizde, bir kitabı döne döne okuduğunuzda, kapınıza bırakılan ve sizin olmayan yanlış gazeteye öfkelendiğinizde ve bir şiirin dizesini binlerce kez aynı coşkulu solukla okuduğunuzda, yani sizin için bir şeyler fark ederken yanınızdaki için fark etmediğinde kırıldınız mı?

***"Fark etmez"***

Galiba böyle böyle hırpalanıyor ilişkiler. Ya da hırpalanmış ve bitap düşmüş ilişkiler bu sözcükle sinyal veriyor. "Sinemaya mı gidelim, tiyatroya mı ?" diye soruyor kadın. "Bilmem, benim için fark etmez" diyor adam. "Pilav mı yapalım makarna mı? diye soruyor. "Sen bilirsin, benim için fark etmez" diye yanıtlıyor. "Aşk şarkıları mı dinleyelim yoksa klasik müzik mi?" sorusuna "Sen seç" oluyor cevabı diğerinin. Artık hiçbir şey fark etmiyor. Fark etmiyorsa zaten yolun sonu görünüyor...

Söylenmiş ya da söylenmemiş cümlelerin bütünüdür bence fark etmez.

"Her şey için geç kaldım, artık ne olsa fark etmez..."

"Sevmiyorum seni ve söyleyemiyorum. Gidemiyorum da... Vazgeçtim her şeyden, artık ne olursa olsun fark etmez." Öyle mutsuzum ki çıkışı yok bu karanlığın. Alıştım böyle yaşamaya. Güzel bir şey olmasa da fark etmez." Ne çok uğraştım beni fark etsinler diye. Annem de babam da kendi derdinde. İş işten geçti. Artık fark etseler de fark etmez"...

Ne hüzünlü, ne yalnız, ne keskin bir kelimedir " fark etmez".

Bugünün hangi gün olduğu, mutfağın ne koktuğu, akşamın ne getireceği fark etmiyorsa artık derin ve yakıcı bir yaranın düşen kabuğunun boşluğu var demektir o yürekte.

Biri bana "fark etmez" dediğinde birden kapıları çarptıran rüzgârlar eser yanımda. Gözlerim göremediğim yaraları arar. Nerede hata yaptığımı anlamaya çalışır dilim. Kulaklarım söylenmeyen alt cümleleri duymak için.

Müthiş bir yağmur vardı bu akşam İstanbul'da. Yağmura eşlik eden ağır aksak bir trafik. Radyoda sevdiğim bir şarkı. Diğerlerinden farklı olan. Ve çok şeyi fark ettiren. Yağmur damlaları arabanın camına vurup üst üste kayarken bir an önce eve gitmeyi, bir şeyler yemeyi, alıştığım şeyleri yapmayı planlıyordum sabırsızlıkla. Yağmura rağmen elindeki maşayla kestaneleri çeviren kestaneci, arabaların farları ve radyodaki şarkı benim için her şeyin çok ama çok fark ettiği 17 yaşımı anımsattı birden

Bugün günlerden ne diye düşündüm. Bir kadın mor beyaz çiçeklerden bir demet elinde, saçları ıslak, ağır ağır yürüyordu. Belli ki onun için bugünlerde çok şey fark ediyordu. Sabahı beklemedim bu yazıyı yazmak için. Şu anda yağmur devam ediyor. Radyoda şarkılar da. Bu gece yazmalıydım. Çünkü çok şey fark ediyordu....

## *"İyi Bakın Gönüllerinize Yara İzi mi Var, Ayak İzi mi?"*

**Süreyya Berfe**

Koca bir öğleden sonrayı nasıl doldurur nasıl dolduracağını bilemeyen bir insan? Sanki bir yeri acıyormuş gibi, sanki bir şeyi unutmuş gibi, sanki birilerini beklerken yorulmuş gibi, sanki çok iyi bildiği bir sorunun yanıtı uçup gitmiş gibi, sanki söyleyeceği dilinin ucundayken kaçıp gitmiş gibi... Kaldırım ortasında, telefon defterini de evde unutmuş, yoksa arayacak birilerini ama yok işte defter, numaralar, isimler bile yok aklında...

Nasıl unutur insan, nasıl unutur, nasıl unutur?

Onca heyecanı, terlemeyi, beklemeyi, istemeyi, küsmeyi, sevmeyi...

Nasıl unutur?...

Turuncu espadrili güneşte kurutup, kotun üstüne penye giyip, vişne suyu içerek heyecanlanmayı, kucağına bastırdığı harita metod defterlerinin arkasına saklanmayı, sakladığı bedenden utanmayı, kış çiçeklerini, yaz çiçeklerini, son otobüsleri, yağmurda bitmesin yol diye gidip gelmeleri, hayret nasıl unutur?...

"Aramadı, aramadı, aramayacak. Sevmiyor aslında, sevmedi beni, sevmeyecek... Arasam mı, aramayacağım, aramasam bilemeyeceğim..." Nasıl unutur insan 15 yaşının bütün dertlerini? "Aramadı", "sevmedi", "arasam mı" demeyi... Yeşil gözleri, uzun saçları, kenarı kıvrık sayfaları, yıpranmış romanları, el ele izlenen filmleri...

Beyazlamış mıdır saçları? Yormuş mudur hayat onu da? Çocukları var mıdır? Düşlediği yerde midir acaba yaşamı? Unutmuş mudur o da, hiç unutmam dediklerini, verdiği sözleri... Dürüst müdür, sahtekâr mı? Nasıldır evi? Nerededir? Sarkılan ezberlemeyi bırakmış mıdır? Kimi okur, kime inanır, nasıldır? Mutlu mudur?... Koca bir öğleden sonra Ankara'da...

Ya da belki de Mersin'de, Kütahya'da, Sivas'ta, Trabzon'da... Bir yerlerde...

Şehrin en kalabalık meydanında... İlk gençliğin geçtiği yollarda, tepede yakan kavuran bir güneş varken, gelip gidene bakarken... İnsanlar yürürken "Ben şimdi ne yapacağım?" diye sordunuz mu hiç kalbinize? Şimdi ne yapacağım ben? Nasıl geçecek bu öğleden sonra... ve de sonrasında? Kalpte bunca ayak izi varken..

Her ayak geçerken, geçtiği yollarda kalbin duvarına bir çizik atmışken... O çiziklerin ve o ayak izlerinin ağrısı bile unutulmuşken... Donmuş topraklara çeviriyor hayat kalplerimizi... Güneşe bırakmak bu yüzden gerekli... Bir küçük karınca, bir minik çiğ tanesi... Bir şey hatırlatmalı geçen ayakların bıraktığı tatlı sesleri...

# Kavaklar

*"Orda kaldı yanağımın yarısı*
*Kendini boşlukla tamamlar...*
*Ah omuzumda bir kesik el ki*
*Hâlâ durmadan kanar..."*

Yollar boyu koca sarı yapraklar kentin her yanında.. Bir arabanın, otobüsün, dolmuşun camından dalgın gözlerle izlenen. Dudaklar kıpırdamadan içten incecik bir sesle "Kavaklar" eşlik eder dalgın gözlerin seyrine...

**Bir aşkın bitimine, bitmiş bir aşkın sinsi tekrarına nasıl da uygun bir zaman.**

Sadece hafta sonları anımsanmıyor işte iz bırakanlar...

Bazen bir markette alışveriş yaparken elindeki sepeti dolduran bir kadının yanından yavaş yavaş geçerken, nerede, ne zamandı, nasıldı dedirten tanıdık bir parfüm kokusu takılır kalır insanın burnuna...

Kimdi? Ortaokuldaki coğrafya öğretmeni mi yoksa eve gelen uzak bir akrabanın nişanlısı mı, kimin anısıydı acaba? Mevsimlerden neydi, neydi hatırlattığı?

Ya da yağmurun yağmadığı, kuru rüzgârın kulağı ısırarak üşüttüğü bir kasım öğleden sonrasında eve varır varmaz ortalığı toplamak, döküntüyü tıkıştırmak telaşındayken bir çekmecede karşısına çıkıverir ya insanın atılmamış bir sinema bileti... Kim bilir hangi zamanın yaşanmışlığını üzerinde taşımakta hâlâ...

Ve de sonbahara en uygunu, kaldırımlar ve yollar boyu dökülü sarı koca yaprakların süsü... Bir evi boşaltmanın, bir kapı kolundan, bir elektrik düğmesinden ayrılmanın saçma ama aslında çok ağır yükü...

"Her şey öyle dağınık ki..."

Eşyalar yüklenecek... O evde geçen günlerin telaşı, gelip gidenlerin perdelere ve duvarlara asılı kalmış gölgeleri, bardaklardaki sabahlar, tabaklardaki akşamlar, çerçevelerdeki suretler, yastıklardaki uykusuz geceler ve pencerelerdeki bekleyişler... Hepsi dağılacak... Geride kalacak...

Albümler çıkacak ortaya...

Kıyılamayacak resimlerin kimisine. Aslında yaşananların ta kendisine... Ne zamandı, neydi tarih, kaç yıl öncesiydi diye düşünülecek... "Hoyrat bir makas çıkacak" kutulardan... "Eski bir fotoğraftan oyulacak" kutulara anısı sığmayan... Yani geride kalan...

Sarı koca sonbahar yaprakları... Günlerden Salı...

"Ah Kavaklar...

Acı düştü peşime..."

## *Kavanoz*

Bazen aradığımız o şeyi... Neyse, her ne ise o şey, kavanozun dibinde kalmış şokellaya benzetiyorum. Bir gece yarısı, şiddetle tatlı yeme ihtiyacı içinde dolabı açıp, artık boş sayılacak bir kavanozla karşılaşmanın verdiği can sıkıntısına rağmen; elde bir bıçak ya da tatlı kaşığı ile kavanoza bulaşmış son zerreciği sıyırma çabası var ya...

İşte öyle bir telaş aslında...

Sevilmek mi, şefkat mi, aidiyet mi, başarı mı, huzur mu?.. O sıyırmak için uğraştığımız şey yani... Kavanozun dibinde kalan...

Bazen yaşadığımız o şeyin... Neyse, her ne ise; sanki sadece yürekten oluşan bir bedenmiş gibi nefes almamıza neden olan o şeyin bizi bir kavanoza çevirdiğini düşünüyorum. İçinde bulunanlar bir var oluş nedeni iken, onlar gittiği anda bomboş, yapayalnız ve amaçsız kalan kavanozlar gibi. "Şimdi ne olacak bana?" sorusu kocaman bir bulut havada, ha yağdı ha yağacak gibi dururken... Yeni bir şeylerle dolarak yeni bir var oluş sebebi bulmak ya da bambaşka bir amaçla hayatta kalmak ya da kendi gibi diğer boş kavanozlarla birikmek bir kuytu köşede... Budur hâlimiz kimi zaman...

Kalbimde birikirken onca şey; tıka basa dolduğunda fırlatıp atacak gibi o kapağı sanki. Dışarı taşacak hepsi, ki taştığı da olur sıklıkla... Ama mesele kalbin tıka basa dolması değil dolan o kalbin bir kavanoza benzedikçe, kırılma, darmadağın olma payının yükselmesidir... Kalın camdan ve sağlam görünse de, yüksekten düştüğünde kurtuluşu, tamiri yoktur artık. İşte bu yüzden her birimiz bazen emin olmadığımız ellere teslim ettiğimizde o dolup taşan kalbi, içindekilerle parçalanma riskini de göze alırız. Belki de bu yüzden pürüzsüz ve kırıksız değildir hiçbirimizi kalbi...

Üzerine danteller örülmüş, camı boyanmış kapağına fırfırlar dikilmiş, göbeğine etiketler yapıştırılmış, özensiz, renkli, renksiz, küçük, büyük, çatlak, ağzının kenarı kırk kavanozlar gibidir aslında ömrümüz. Ne ile, nasıl ve ne zaman dolacak, sonrasında ne olacak bilinmeyen...

Bazen aradığımız o şey, neyse, her ne ise o şey; bir başkasının ömründe dipte kıyıda kalmış son zerrecik olabilir. Biz elimizde bir bıçak ya da kaşık, o ömürden ne sıyırırım telaşı ile didinirken, düşündüğümüz, düşürüp parça parça ettiğimiz, bazen bir şey kalmamış bunda diyerek bir kenara attığımız, bazen de kalan o son şey her ne ise yavaş yavaş ve uğraşarak tadına vardığımız, bitirip içinde kaşık çınlattığımız kavanozlar ise bizden gayrı ömürler...

"Kavanoz dipli dünya" derlerdi... Boş kavanozu alıp gözümü dayar, dünyaya kavanozun dibindeki kalın camından bakar, hiçbir şeyi net göremezdim... Komik komik olurdu tüm şekiller... Yıllar geçti, "Kavanoz dipli dünya" derlerdi... Gittiğim ilk cenazenin dönüşünde aklımın bir kenarına not ettim. "Bitimli" dünya imiş meğer...

## Kocaman Uçsuz Bucaksız Gelincik Tarlaları

Eğer o otların ince saplarını kırmadan sakallarını koparabilseydik bütün dileklerimiz gerçek olacaktı. Başaklara benzerlerdi, ama yabani otlardı onlar. Gelinciklerin yanında biterlerdi. Tek tek iki yanından fışkıran tüyleri yolardık. Sakal derdik... Sapları hep kopardı...

Sonra gökkuşağının altında koşmaya başladık. Gökkuşağını geçebilirsek belki o zaman kabul olurdu dileklerimiz. Gökkuşağının altından geçilmiyordu. Biz koştukça o da koşuyordu. Sonra biri "Eğer altından geçerseniz kızlar erkek olur, erkekler de kız" dedi. Ben o gün vazgeçtim koşmaktan. Büyük kabarık etekler giymeyi bekliyordum sabırla. O güne bu kadar az kalmışken neden erkek olaydım ki?...

Dört yapraklı yonca aradık bir zaman da... Bulamadık hâliyle... Uğur böceklerini ve örümcekleri öldürmezsek, karıncaların yuvasını bozmazsak; kısacası iyi çocuklar olursak duyulur dileklerimiz diye umut ettik...

Her yaz başı sokakları dolduran onlarca yavru kediyi kardeş edindik. Evden süt ve peynir aşırdık. Evdekilerden habersiz kedilere ıstırap çektirerek yıkadık hepsini... Oyunun en güzel yerinde bakkala ekmek almaya yollayan komşu teyzelere itiraz etmedik. Mahallenin yaşlıları pazardan dönerken filelerini taşımaya koşturduk. Topumuz balkonlara kaçtığında, balkon sahibi topumuzu vermediğinde boynumuzu büküp oturduk kaldırıma. İtiraz etmedik çocukluğumuza yapılan haksızlığa. Büyüklere saygıdır diye öğrendik ne yaparlarsa yapsınlar sessiz kalmayı...

Sessiz kalırsak hak yerini bulur diye inandık.

Filmlerdeki çocukların her dileği duyuluyordu ama nedense Noel Baba bizim oralara hiç uğramıyordu. Ne kar yağdığında, ne de karsız yıl başlarında. İngilizce mi öğrenseydik acaba? Gel zaman git zaman; sonradan öğrenilmiş İngilizcenin de bir işe yaramadığını anladık. Galiba yanlış yerde doğmuştuk... Burada mucizeler pek hayat bulmuyordu. Ne diliyorsak ancak kendimiz, kendi ellerimiz ile arayıp bulmalıydık!

Geçenlerde bir gece, o uçsuz bucaksız gelincik tarlaları geldi sohbetin orta yerine. Gülerek anlatıyordum oysa o gelincik tarlalarını... Ama neden gözlerim yanıyordu anlatırken bilemedim önce. Sonra kısacık bir suskunlukta bütün çocuk dualarım ve dileklerim geldi aklıma. Sakallı otlar, karıncalar, yoncalar, kış geceleri sobalı bir evin buğulu camında beklenen sakallı gavur dede... Yok, bunlardan söz etmedim o sohbette. Şöyle harlanan bir ateş gibi geldi geçtiler. Belime dek gelen kırmızı denizin ortasında ellerimi sıkı sıkı tutan bir mucize varmış meğer; o gece anladım...

Şimdi o gelincik tarlalarının olduğu yerde bir benzin istasyonu ve çokkatlı lojmanlar görüyor çocuklar. Çok şeritli bir yol geçiyor, belimize dek gelen, şimdi kurumuş kırmızı denizden...

O çocuklar da bizim gibi mucizelere inanıyor ve sakallı gavur dede ile anlaşmak için İngilizcenin şart olduğunu düşünüyorlar mı acaba?

# Pazar

Bugün şehrin bir değil birkaç yerinde mutlaka bir semt pazarı vardır. Bazı anneler akşam olmasını, pazarın sonunu beklerler.

Beklerler ki pazar ucuzlasın, pazarcılar ellerindeki seçilmiş malı gerisin geriye taşımaktansa gözden çıkarsın...

Bazı evlerde sadece bugün banyo yapılır. Bu yüzden bugün o evlerde banyo sırası, sabun kokusu, ıslak havlu ve kirli çamaşır dağı vardır.

Şehrin bazı mahallelerinde bazı sokaklar sessiz olur. Çünkü o sokağın insanları pazar günleri gezmek gerekir diye düşünürler. Arabalarıyla şehrin yeşil yerlerine giderler. O insanların bazıları reklamlardaki mangalcılar gibi on beş kilo eti, sucuğu, sosisi bagaja atamazlar. Çok çok domates söğüş, patates salatası, haşlanmış yumurta ve köfte yerler.

Pazar günleri aşk yaşayanlar acaba sadece pazar günleri banyo yapanlardan, pazar günleri pazara gidenlerden ya da pazar günleri gezenlerden çok mudur?

Pazar gününün aşk günü olduğunu ilk olarak kim konu etti acaba? Yoksa biz de aşkı sadece pazar günü mü düşünür olduk?

Avrupa Birliği'ne girersek biz de Almanlar gibi istatistiksel verilere dayanak olacak kadar planlı bir aşk hayatı mı yaşarız?

Pazar günleri bazı kadınlar ve çocuklar şiddetle daha çok karşı karşıya kalmaktalar.

Pazar günleri bazı insanlar hayatlarının monotonluğunu daha çok idrak etmekteler.

Pazar günlerini bazıları sadece uyuyarak tüketmekteler.

Pazar günlerini bazı adamlar maçlar, kâğıt oyunları ve amaçsızlık için biçilmiş bir kaftan gibi giymekteler.

Pazar günleri bazı anneler, çocuklarına hayatı zindan ederler...

Yine de umut ederim; pazar günlerini bir umutla bekleyenler, pazara gitmek için akşam olmasını ve meyvelerin seçilmesini bekleyenlerden çoktur. Çünkü bazı çocuklar babalarını ya da annelerini sadece pazar günleri görebilirler.

Bazı aileler sadece pazar günleri birlikte kahvaltı edebilirler. Bazı güçler sadece pazarları ışığa çıkarlar...

Aslında ne olursa olsun, pazar günü dünya için bir "görüş günü" dür... Gözünüz açık olsun...

## *Bir Mutsuzluğun Üzerine Sevinç Kuranlar*

Çocukken yaşadığımız mahallede akşam üzerleri ellerinde dantelleriyle bahçeye çay içmeye inen hanımların, içlerinden biri ayrıldığında arkasından şöyle bir göz ucuyla bakıp hırkalarını çekiştirerek yaptıkları yorumlar vardı.

(Yazdıklarımı okudum da, uzun bir cümle olmuş.) Kısası şöyle: Ben çocukken bizim mahallede akşam üzerleri, kadınlar bahçeye çay içmeye inerlerdi. Ellerinde mutlaka dantelleri, omuzlarında hırkaları olurdu, içlerinden bazı hanımlar, bazen erken ayrılırdı. O zamân diğerleri gidenin arkasından göz ucuyla bakıp dedikodusunu yaparlardı. Dedikodu yaparken de mutlaka hırkalarını çekiştirirlerdi.

Efendim, bizim bu bazı komşu teyzeler genellikle söz konusu olan kişinin o anki mutlululuğuna gıcık olarak başlarlardı dedikoduya. Diyelim ki kızı yeni evlenmiştir kadının ve de çok mutludur. İlk cümle sektirmez, kaleyi ortadan bulurdu. "Cık, çok yakında boşanır bunlar." Diğerleri kafa sallarken parmaklarına ipleri dolar, sanki iştahla o ayrılık sahnesini hayal ederlerdi. Adeta ihtirasla isterlerdi o ayrılığı.

Veya kadıncağızın kocası borç harç bir "reno araba" almış. Turuncu. Pek mutlular. Artık arabaları var. Hatta o gece gezmeye gidecekler, erken kalkması lazım bahçe sefasından. Daha kadıncağız köşeyi dönerken tarama başlar. "Ayyaş kocası nasıl kullanacaksa arabayı? Kaza maza yapmasalar bari..."

O an sallanan kafalar ve parmağa dolanan ipler asla bir ölüm dilemezler ama turuncu arabayı hurda olmuş şekilde hayal etmekten de geri kalmazlar.

Evlenenler ayrılsın, mal mülk alanlar geri versin, işe giren atılsın, yüzü gülen ağlasın isterler içten içe. Ama bunu istediklerini kendileri de bilmezler.. Bilmezlerdi yani. Kendilerince hepsi iyi insanlardı. Kimsenin tavuğuna kışt demeyen; temiz, orta halli, gariban, komşuculuk oynayarak yaşayıp giden masum kişilerdi.

Aslında...

O kadar az mutluluk görmüşlerdi ki...

Mutluluk karşısında ne yapacaklarını bilemiyorlardı. Kendi ellerine geçse mutluluk, şaşırırlardı nereye koyacaklarını, nasıl saklayacaklarını. Nasılsa ziyan olur korkusuyla yaşarken, mutlulukları ziyan olup gittiğinde, tuhaf ama, bir rahatlama geliyordu yüreklerine. Eh, herkes gibi oluyorlardı böylece. Göze batmıyorlardı. Ve bu yüzden istiyorlardı ki herkes gibi olsun herkes. Kendi mutluluklarına yabancı o insanlar başkalarının mutluluğuna iyiden iyiye düşmandılar. Hiç kimseye bir düşmanlıkları olmadığını düşünerek...

Ama... O başkalarının mutluluğu yitip girmeye yüz tuttu mu, birden bir ilgi, alaka başlardı bizim dedikoducu komşu teyzelerde. Akıllar verirler, geçmişten örnek gösterirler ama içten içe çılgıncasına sevinirlerdi. Bilirdik bunu. Bilirdik çünkü o ortak coşkuyu saklayamazlardı birbirlerinden. "Boşanmış, batmış, terk edilmiş, düşmüş, başaramamış..."

Düşünüyorum da içleri rahatlardı galiba. Yapmadıklarını ve yapamayacaklarını yapanları kendi yanlarında görmek iyi gelirdi yaşadıkları o durağan ve monoton hayat içerisinde.

Ve şimdi fark ediyorum...

Ben, bizim dedikoducu komşu teyzeler, sadece bizim mahallede ve benim çocukluğumda var sanıyordum. Oysa onlar artık cinsiyet, iş, yer, ortam gözetmeksizin çoğalmışlar. Her yerdeler, her yerdeler...

Yapamadıklarını yapanların felâketini bekliyor, bir başarısızlığın üzerine bir sevinç kuruyorlar. Bu sevinç aslında onları bir yere götürmüyor ama zaten bir yere varmak derdinde de değiller... Yaşayıp gidiyorlar işte, "üstlerindekileri çekiştire çekiştire..."

## İçimizin Karanlık Odaları

Kimse girmesin oralara...

Kapıları büyük, ağır ve hep kilitli olsun...

Kimse görmesin o zavallı; korku ve endişe yüklü, büyümemiş, erken yaşlanmış yüzümüzü...

Eskimiş, sararmış, solmuş, üzeri eski çarşaflarla örtülmüş utançları...

Hataları, yalanları, pişmanlıkları, zamansızlıkları, zaafları...

Ortalama olma, ortalama yaşama, uzlaşma kaygılarımızı...

Vazgeçişlerimizi, kaçışlarımızı, kaçırdıklarımızı...

Yok saydıklarımızı, görmezden geldiklerimizi, es geçtiklerimizi...

Kimse! Kimse görmesin bütün bunları.

Anlatılamayan, anlatılmayacak olan, suskunlukla boyanmış bütün anıları...

Bir gün gelip ansızın açılıveren, o kimsenin onaramayacağı yaraları...

Bir kederi...

Hiç kimsenin orada olduğunu, orada öylece kalakaldığını hiçbir zaman anlayamayacağı...

Bir kalbin, açıklanması güç, çözümü imkânsız tek başınalığını...

Bir durum ki, su vermeyi unutmuş birileri...

Bir hâl ki, istasyonun birinde hep "gelecek" treni bekleme sessizliği...

Kimse görmesin içimizdeki o karanlık odaları... Yok saysınlar içimizdeki o çaresiz gölgeyi... Kapıları kilitli kalsın hep...

Kapıları büyük olsun hep...

Zamanın durduğu, hatırlamanın koca bir çığı yerinden kopardığı...

Bütün bir ömrün en zavallı "toplamı"...

Karanlık odaların dört duvarına hapsedilmiş bir "unutkanlık"... Uykuların arasında, bir şarkının ortasında, aynada, yağmurlu bir öğle sonrasında... "Oradayım ben, bıraktığın yerde, o karanlıkta" diye fısıldayan... Ah, kimse bilmesin o odalara bıraktıklarımızı... Yüzleşmektir aslında en zoru, birinin o odanın kapısını açmasından sonrası...

Ne çokmuş meğer bir ömrün saklanan kısmı... Eğer herkesin varsa bir karanlık odası, o odanın aşkına bir dakikalık saygı duruşuna susmalı... Susmalı...

Bir başka karanlık odaya karşı...

## *Canım Uzakları Çekti*

Dün aniden uzaklarda, nicedir gitmediğim yerlerde, nicedir görmediğim insanların arasında olma isteği bastı birdenbire... Hani olur ya, durduk yerde...

Ruhunuz, bedeninizin oturduğu sandalyeden kopar, havalanıp kıtalar aşar ve bambaşka bir coğrafyaya doğru kanat çırpar. Kıştan kaçan bir göçmen kuş gibi hayatı dayanılır kılan bir sıcaklığın peşine düşer.

"Üşümüş ruhların mucizevi göçü..."

Böyle anlar için ideal dostları vardır insanın... Onlar sabırlı bir sığınak gibi bekler sizi...

Bilirsiniz ki, sizden bir beklentisi yoktur. Kanayan yaralarınızı apaçık gösterebilirsiniz. Dinlerken, onun da yaralanacağını, kanayacağını bilirsiniz. Zaten işte bunu seversiniz. Önyargısız sever sizi... Sırlarınızı kutsal bir emanet gibi saklayacağından, onları içki sofrasına meze, sizi kurda kuşa yem etmeyeceğinden eminsinizdir. Günün birinde "Ama bir tarihlerde ben senin için şunu yapmıştım" diye çıkıp gelmeyeceği kesindir. Kocaman bir koldur o; dara düştüğünüzde sizi tutup çekecek; geniş mi geniş bir göğüs, daraldığınızda başınızı dinlendirecek; bir müşfik el, saçlarınızın arasında gezinecek; Ve dikkatli bir kulak, sizi **can** kulağıyla dinleyecek.

İşte en naçar olduğunuz anlarda o kola tutunur, o göğse başınızı yaslar, saçlarınızı o elin şefkatine bırakır ve o kulağa fısıldarsınız dertlerinizi...

Dün sabah saat tam 9.46'da oturduğum yerde kalakaldım ve etrafımda gördüklerimin fotoğrafını çektim.

O an... O mekân... O insanlar... O bitmek bilmez rutin... O an işte kopmak istedim bütün bunlardan...

O sevgili kol, o kara saçlı kız çocuğu, beni tutup çeksin diye bekledim.

Onun yanında olsam ya da o, bu fotoğrafın içinde olsa, hayatın nasıl bambaşka bir renge bürünebileceğini hayal ettim. Ona duyurmadan, ona kaçtım.

Acaba uzakta olması mıdır onun en büyük cazibesi?.. Yakın olsak o da mevcut fotoğrafın içinde mi olurdu; öyle sıradan, öyle renksiz?..

Mesafe midir acaba, onu her an özlenen bir düşe çeviren?.. Sahi niye herkes bu kadar yalnız ve yaralıyken; hepimiz bu kadar yalnız ve yaralıyız?

## *Kanıyor*

Dünden beri düşünüp duruyorum: İnsan ne kadar güvenebilir yanındakine? Arkadaşına, kocasına, annesine, kardeşine, sevgilisine, sekreterine, danışmanına, patronuna ama en çok arkadaşına, yakın olduğunu düşündüğü arkadaşına?...

O yakınlık acaba ne kadar bir yakınlık?... "Babana bile güvenme" denen bir dünyanın, babana bile güvenme denen zaman diliminde, yoksa büyük bir yalnızlık içinde miyim(iz)?

Eline bir para verildiğinde ya da bir kocaman kek tenceresi, ya da bir iş; bunu paylaşmaktan başka bir şey "o kadar" mutlu etmez bazı insanları. Yediği her lokmada sevdikleri olsun ister yanında. Bir "işi" varsa ve paylaşılabiliyorsa o iş; o işlerin basamaklarında sevdikleri olsun ister... Sebebini bilmeksizin sevdiği için, birilerinin canları yanarken, bir şeyler yapıp acıları geçsin ister...

Bugün, bu sabah evden çıkıp, işyerime, masama, bilgisayarıma doğru araba kullanırken bunun bir hata olup olmadığını düşündüm... Böyle biri olmanın... Böyle yaşamanın...

Eğer bu bir hataysa, mesela benim hayatım yanlış çizilmiş, yanlış yönetilmiş koca bir çöp yığınından başka hiçbir şey değil demektir. Telafisi olmayan, boşa geçmiş bir zamandır... Ne keder!..

"Artık hiçbir şey şaşırtmaz" dediğim her seferinde en yakınlarımdan birinden işittiğim bir şey mutlaka şaşırtıyor beni... Mesela uzun bir sohbetin sonunda, karşımda konuşanın adeta "içinde tutamayıp" söylediği bir şey. Bir şey!..

Onu söylerlerken bana karşı ilk defa, ilk defa, ilk defa dürüst, bu kadar dürüst oluyor; anlattıkça sanki bir vidayı çevire çevire sabitliyorlar göğsüme ve her defasında acılı bir ter basıyor beni... Ve o dürüstlüğün ardındakini, bugüne kadar yanımda "duran" arkadaşlarımın sözlerini, yüzlerini düşünüyorum. Ve idrak ediyorum: tersiyle de düzüyle de... Benim "sandığım gibi" değildi ve yine değil hiçbir şey...

En kötüsü de bu işte...

Akşam ışıkları aydınlatmadı evime dönerken geçtiğim yolları... Bir karanlığın içinde, direksiyondaki terli ellerime üzüldüm... Asansörde aynaya bakarken, zile dokunurken ve ellerimi yıkarken hep aynı şey vardı kafamda; "yenilmek" buymuş diye düşünüyordum... Evet, sandığım gibi değildi hiçbir şey...

Dünden beri düşünüyorum... İnsan ne kadar güvenebilir yanındakilere? Ona "bravo" diyenlere, "yürü, yalnız değilsin" diyenlere... Çok mu önemlidir tırmanılan basamaklar? Oturulan masalar, deri koltuklar, şunlar bunlar... Adına başarı dediklerimiz... Göründüğü gibi değil mi hakikaten hiçbir şey!

## Üzgünüm

Karlı 1 Mayıs akşamı, Yazar Tezer Özlü.

O gün Taksim Meydanı'ndan koca ülkeye yayılan yürek yangınının isini, dumanını yok etmek ister gibi, Kazancı Yokuşu'ndan aşağı akan kanın bıraktığını temizlemek ister gibi paralamış kendini... Uyku tutmayan gözlerini kırpmamış hiç, ağlamamış, hınç alır gibi temizlik yaparken, "Ne oldu bize?" diye durmadan sormuş kendine...

Derin, büyük, ağır bir acıyı koyacak yer bulamamış...

Her geçen yıl biraz daha yakın duruyor o keder. Her köşe yazısında daha da netleşiyor... Birkaç haftadır ben de bulamıyorum; ciğerlerimde, kalbimde sıkışan o şeyi nereye koyayım... Bazen müthiş bir öfke sarıyor yanaklarımı, avuçlarımı... O anda bir masayı devirir gibi devirmek istiyorum o öfkenin sebeplerini... Hırsımdan ağlıyorum... Ağlarken anlıyorum; babamın, bir ömrü gözden çıkararak inandıklarının çöküşünü izlerken nasıl sarsıldığını...

Benim büyütüldüğüm gelecekte, cebime konmuş olanlara bir yer yokmuş meğer, budur ağırıma giden, gözümden yaş akıtan... Yani doğru bildiğini doğruca söylemenin... Yani saygının... Sabrın... Düzeyin... Düşüncenin... Ve inceliğin elbet... Geçmişe hürmetin... Bir Ankara çocuğuyum ben...

Yaşça büyükler konuşurken dinlemek, odaya girdiklerinde doğrulmak, bir kütüphaneye üye olmak, küfürsüz konuşmak, arkadaşlarının zaaflarıyla dalga geçmemek, karşımızdakini üzecek davranışlardan kaçınmak, soru sorulduğunda soru soranın gözlerinin içine bakarak cevap vermek, bizde yoksa o şey, bir başkasınınkine özenmemek; elimizdeki ile yetinmek, şiir ezberlemek, bizden daha iyi yaşayanlarla, bizden daha kötü yaşayanlar hakkında bir başka arkadaşımızla dahi konuşmamak, yere tükürmemek, karşıdan karşıya geçerken el ele tutuşmak, trafik lambalarına uymak, otobüs durağında sıraya girmek ve Cumhuriyet'i sevmekti Ankara'da ilkokula giderken öğrendiklerimiz...

Büyüdük ve zaaflarla dalga geçen, o zaaflardan kazanç sağlayan, ağzından bir düzgün cümle duyulmayan, kaçak güreşen, bir çift gözün içine bakamayan, kendinden başkasını umursamayıp, kendinden fakire eziyet, kendinden zengine dalkavukluk eden, arkadan konuşan, arkadan vuran; el ele tutuşmak ne ki, uzatılan her eli kırmaya çalışanlarla karşılaştık.

Buna hazırlıklı değildik oysa... Değildim...

Ve bir de biz, gazetecileri severek büyüdük. Ankara'da sokaklarda Ayhan Işık'ı ya da Fatma Girik'i görmek pek mümkün olmazdı... Onlar sinemada yaşardı, gazetecilerse sokakta, bizimle... Çok çok önemli bir olaydı bir gazeteciyi tanıyor olmak... Bir hadiseydi Uğur Mumcu'yu Kızılay Meydanı'nda görmek...

24 Ocak 1993'te, Ankara'da değildim. Ankara kadar yağmurlu olan Berlin'de, bir tiyatronun kulisinde sahneye çıkmaya hazırlanırken aldım Uğur Mumcu'nun ölüm haberini...

"Akraban mıydı?" dedi, gözyaşlarımı ve acımı gören Alman arkadaşım...

"Sayılırdı," dedim... Bir gazetecinin ardından günler boyu döktüğümüz gözyaşlarını anlamak zordu bir Alman için...

Üzgünüm... Çok çok üzgünüm... Hiçbir inancıma yer kalmıyor bu ülkede. Ne televizyonda, ne gazetede...

## *Götür Bunları Giderken*

Sevgili eski yıl;

Gidiyor olmandan dolayı üzgünüm. Vallahi... Senin şu anki yorgun ve bıkkın ruh halini de çok iyi anlıyorum. Seni beklerken ve karşılarken yapmadığımız şaklabanlık kalmadı. Aman ne anlamlar yükledik, ne beklentiler ekledik; sen ne şahaneydin, ne umut doluydun, ne harikaydın...

Giderken kimse güle güle demiyor değil mi?

Öyledir, haklısın...

Canım eski yıl; giderken götürmeni istediğim birkaç şey var. Birkaçtan fazla aslında...

Bütün kötü anıları alıp götürsen diyorum... Yaşanmamış olsa. "Ercan Arıklı kaza geçirmiş" telefonu vardı ya... Hani ben asansördeydim, hani daha ne olduğunu anlayamadan arabaya koşturmuştum, hani trafikte hastaneye ulaşmaya çalışırken; "gitme, kaybettik" diye aramışlardı ya... Hani dokuzuncu katta ayakta kalakalmıştım odasının önünde... O akşam üzerini alıp götürsen mesela...

Mesela...

Televizyon izlediğim, gazete okuduğum sabahların çoğunu alsan...

Kalbimin kırıldığı ve kalp kırdığım...

Beklediğimin karşılığını bulamadığım, benden beklenilenin karşılığını veremediğim...

Adımın geçtiği kötü satırlara gözümün değdiği...
Gücendiğim ve gücendirdiğim...
"Keşke görmeseydim" dediğim...
"Keşke söylemeseydim" dediğim...
"Keşke yazmasaydım" dediğim...
İşte bunların olup bittiği bütün öğle sonralarını alıp götürsen...
Canım eski yıl;
Ne zaman geldin, ne çabuk kalkıyorsun anlamadım. Bunu şunu götür diye sana liste yapıyorum ama bir şeyi de yerinden kaldırmayacağını biliyorum.
Yüklükteki yüklere yenilerini bırakıp gideceksin bu gece. Bizse ürkek tavşanlar ve dişleri keskin kurtlar ordusu olarak yeni yılın yoluna bakacağız. Senden kalanları tıkacağız halı altına, çekmecelere, kapı arkalarına. Yüklükte yer kalmadı zira 30'dan sonra...
Sana teşekkür etmeliyim mektubumun sonunda.
Bu yıl insanlara şaşırma dozumda bir azalma oldu. Bir garip anlama hali geldi ki, ben bile hayret ettim kendime. İyi oldu, çünkü öfkem azaldı bütün bunlara.
Bir sürü şey yer değiştirdi bu yıl; mesela en kızdığım yazar en anladığım yazar oldu, en sevdiğim yazarsa en uzağımda kalan... Sonra anladım ki, televizyon denilen kutu bir ticarethaneymiş aslında, çok anlam yüklemek yanlışmış... Zor olan bir yolu koşmak değil, ipi göğüsledikten sonra koşacak yeni uzak yollar aramakmış... Zor olan, tırmanmak değil tırmandıkça daralan alanda soluk alacak bir yer bulmakmış...
Bu yıl sık sık uyandım uykularımdan...
Sanki sabaha devam etmeyecekmiş gibi geliyordu soluk alıp verişim... Bir gün öleceğimi bu kadar gerçek, bu kadar büyük, bu kadar yalın idrak etmek önce korkunç geliyordu bana. Sonra büyük bir sakinlik alıyordu o dehşetin yerini... Sonra anlamsızlık...
Bütün bu kavganın, bu itişmenin, bu çirkinliğin anlamsızlığı daha da susturuyordu sessiz olan beni...

Bana gerektiği yerde susmayı öğrettin sevgili eski yıl. Suskunluğun gerekliliğini...

Güle güle sevgilim eski yıl...

Güle güle...

Biliyorum, çok özleyeceğim seni...

## Yazar Hakkında

## Kim Kimdir?

Bu aralar sürekli "Bir özgeçmişinizi yollar mısınız?" diyorlar. Eldeki kayıtlı olana bakıyorum ve biraz değiştirmek lazım gerekçesiyle sürekli erteliyorum yollamayı...

Ama bugün oturdum, yeni bir özgeçmiş yazmak için sıvadım kolları. İstedim ki biraz değişik olsun. Zira son zamanlarda şu bir türlü istediğimiz tarihe yetiştiremediğimiz dergi sebebiyle yüzlerce özgeçmiş okudum. Kiminde gözlerime inanamadım; bu eğitim ve birikimle nasıl iş arar insanlar diye... Kimindeyse o tekdüze anlatımları fark ettiremediler özgeçmiş sahiplerini.

Neyse, bu sebeple bir değişiklik yapayım dedim... Yani insanlar ellerine bir kişinin özgeçmişini aldıklarında o kişiyi "gerçekten" tanısalar ne olur? Şurada burada okumuş, şunu bunu yapmış tamam, ama biraz daha tanıtıcı olsa şu "CV" dedikleri yani...

Biraz daha samimi, biraz daha bilgi verici... Kendimi böyle böyle doldurup, başladım özgeçmişimi yazmaya...

"Türkiye'de büyük bir ekonomik ve siyasi krizin yaşandığı, TRT radyosunun televizyonundan daha önde olduğu, şarkıların kalplere bir şey anlattığı, insanların mutlak bir inanan coşkusu içinde olduğu, hamburgerin henüz tanınmadığı, Cevdet Sunay'ın cumhurbaşkanı, Nihat Erim'in başbakan olduğu, 10 kuruşun yerini koruduğu ve Türkiye Elektrik Kurumu'nun kurulduğu **1971** yılında dünyaya gelmiştir.

**1976** yılında televizyon seyretmeyi öğrenir. **1977** yılında bilumum sokak oyunlarının yanı sıra ev eğlenceleri geliştirir.

**1978** yılında simit 50 kuruş iken ilkokula başlar.

**1979** Dünya Çocuk Yılı'nda oyuncu olmaya karar verir.

**1980** yılında büyümeye başlar. Uçaklarla babasına selam söylediği yıldır bu aynı zamanda.

**1981-82-83** öyle geçer gider işte...

**1984**'te Turgut Özal, ithal peynirler ve serbest olarak elde edilen kokulu silgilerle tanışır...."

Bu bölümde söyle bir durup, yazdıklarıma baktım. Aaa! Epey eğlenceli ama tabii resmi bir yere yollarken biraz gayri resmi görüneceği kesin... O zaman içindeki gereksiz samimi bilgileri atarım ve direkt olarak liseyi bitirdiğim yıldan başlarım.

Hani; "ilkorta ve liseyi şurada burada bitirmiştir" diye... Kendi kendime böyle düşünürken; kaldığım yerden devam edeyim bari dedim. Bana böyle bir özgeçmiş gelse, ben o özgeçmişin sahibini tanımak isterim. Nedir, ne değildir? O işleri yapmış ama nasıl bir insandır kendisi? Kimin nesidir, neyin nesidir?

Neden hoşlanır, kimi taşlatır? Aslında özgeçmiş denilen şey kişiye özel bir anlatım değil midir?

**1986** yılına gelindiğinde sevdiği bir müzik, sevdiği bir köşe yazarı, sevdiği bir yemek, sevdiği kitaplar ve hayalini kurduğu bir gelecek vardır. Bu arada hem okumakta hem de yarım gün çalışmaktadır.

**1989** yılında Ankara Üniversitesi Dil ve Tarih Coğrafya Fakültesi Tiyatro Bölümü'ne girer. **1990** yılında okuldan ayrılır ve Berlin'e yerleşir.

**1991-92-93-94** profesyonel tiyatro oyunculuğu yapmakla kalmaz, yönetmen yardımcısı dramaturg olarak da çalıştıktan sonra pek çok yan işle ek kazanç sağlamaya çalışır. Türkçe dil kursları, çocuk bakıcılığı, yemek vs...

**1996** yılında Türkiye'ye dönmeye karar verir fakat bu arada Türkiye'deki özel televizyonculukta televole dönemi başlamıştır.

**1997** yılında HBB'de 2'den 4'e isimli kadın programı ve Sıcak Saatler isimli dizi ile televizyon izleyicisine merhaba der.

**1999** yılında Roberto Benigni Hayat Güzeldir filmi ile Oscar'ı İtalya'ya götürür. O film sebebiyle adı "Hayat Güzeldir" olan programı BRT'de başlar.

**2001** yılında ilk sinema filmi Vizontele'de rol alır. İlk kitabı Hayat Güzeldir yayımlanır. Evlenir.

**2002** yılında Sabah'ta köşe yazarlığı başlar. Daha sonra Vatan'a geçer. Anne olur.

**2003** yılında ikinci kitabı Bitmiş Aşklar Emanetçisi çıkar. İkinci sinema filmi Vizontele Tuuba'da bir kez daha rol alır. Bu sefer rolü daha uzundur.

**2004** yılında yeni bir haftalık kadın haber dergisinin genel yayın yönetmenliğini üstlenmiş ve çalışmalarını sürdürmektedir.

Önceliği sevmediklerinden çok sevdiklerine vermeyi tercih eder. Hayatın kişisel tercihlerden oluştuğunu, dünyaya geliş sebebini çabuk bulanın daha mutlu olacağını savunur.

İrmik helvası, Latin Amerika edebiyatı, arkadaş sohbetleri, anlaşılır insanlar, iyi aşk filmleri, İtalyan sineması ve mutfağı, akşam serinliğinde sulanan bahçe ve hanımeli kokusu sevdikleri arasındadır.

Evet... Vallahi şahane. Tanışmak için özgeçmiş isteyen bilmeli tabii ki; bunu yazan irmik helvası mı sever, un helvası mı? Bakalım ortak bir yan var mı? Beraber çalışmaya ya da oturup dinlemeye uygun mu? Hadi kalk öğlen kebap yiyelim dense uyum sağlayabilecek mi? Bir işi beraber kotarabilmek biraz da anlaşabilmekten geçer... Değil mi?..

***

Belki de...

Yazar hakkında en iyisini onu tanımadan çok önce bir başkası söylemişti bile...

Elbette "kendine göre..."

# *Sonsöz*

*(...)*
*Aşkım da değişebilir gerçeklerim de*
*Pırıl pırıl dalgalı bir denize karşı*
*Yan gelmişim diz boyu sulara*
*Hepinize iyi niyetle gülümsüyorum*
*Hiçbirinizle dövüşemem*
*Siz ne derseniz deyiniz*
*Benim bir gizli bildiğim var*
*(...)*

*Turgut Uyar*